ラルーナ文庫

宰相閣下の苦手なα《アルファ》

桜部さく

三交社

CONTENTS

Illustration

小山田あみ

宰相閣下の苦手なα《アルファ》

本作品はフィクションです。
実際の人物・団体・事件などにはいっさい関係ありません。

一七△△年、アルスマン帝国に二十歳《はたち》の皇帝が誕生した。建国から四百年、東洋と西洋を結び、中東を統治してきた大帝国の新皇帝エフタンは、英明なアルファ性の美男だ。エフタンの父と祖父が二代にわたって大きく領土を失い、弱体化していた帝国にとって、精鋭の性であるアルファの新皇帝は希望の光である。同時に、その若さゆえ信任は厚くなかった。

即位してわずか数か月後、同盟国である隣国オラハドが、弱体化以前帝国の一部だったガラチから侵攻を受けた。オラハドには、エフタンが想いを寄せるオメガの王子がいる。番《つがい》として結ばれるべき運命のオメガだ。想いびととオラハドを救うため、エフタンはガラチ攻略を決意した。

一度帝国から独立したガラチを再び支配できれば、新皇帝の求心力は一気に高まる。しかし、失敗すれば、退位までの長い年月を批判に晒《さら》されて過ごすことになり、帝国はさらに弱体化する。ガラチ攻略は、帝国の威信と、エフタンの名誉と命を懸けた戦いだった。

この必勝の戦で軍師として一躍名を上げたのが、ハイリ・カディルだ。皇帝エフタンの幼なじみの、同じ二十歳の若者だった。ハイリは銃火器が主流になった時代にあえて弓矢を用いる作戦を立て、見事なまでの戦果を上げた。

すべては、親友であり主《あるじ》であるエフタンのため。ハイリの作戦によって敵軍は大損害を受け、必死の抵抗を受けた帝国軍もまた、多くの犠牲を払った。

辛くも勝利を収めたが、戦場には多数の負傷者が倒れ、蹲《うずくま》り、あちこちで火の手が上がっていた。エフタンに忠義を誓い、友情に報いるために考えた作戦が生んだ犠牲は凄《すさ》まじく、己の非情さに血の気が引いた。

呵責《かしゃく》に耐えきれず震えていたハイリは、助けを求めるようにエフタンを視界の中に探し、驚愕《きょうがく》した。惨状の中心で、はるか遠いオラハドの王都の方角を迷わず見つめたエフタンは、恍惚《こうこつ》とした表情で、結ばれるべきオメガの名を呼んでいた。

アルスマン帝国の都エスタンベルは、西洋と東洋の交易を結ぶ忙《せわ》しなくも色鮮やかな都市だ。世界中から人と物が集まる都が賑《にぎ》やかでない日はない。三十歳にしてパシャ——皇帝が最も信頼を置く最高位の重臣——の称号を得ているハイリ・カディルは、多様な文化が入り乱れるこの都を視察して回るのが好きだった。

「この十年でオラハドの民が増えましたね」

護衛を兼ねて帯同している部下が言うのに、ハイリは苦笑を浮かべるほかなかった。

「皇后陛下の出身国だからな」

この世には男女に加えて三種の第二の性が存在する。アルファ、ベータ、オメガ。アルファとオメガは稀少《きしょう》で、アルファ性は精鋭の性として知られ、歴史的にも王や宰相として名を残す者に多いとされる。オメガ性は反対に、その特徴ゆえに劣等性と卑しまれることがほとんどだ。残るベータ性は特徴がなく、第二の性について気兼ねせず生活できる。

第二の性の特筆すべき点は、オメガの発情と、男性オメガの妊娠だ。オメガの発情はアルファを挑発し、発情中の性交渉によってアルファとオメガは番と呼ばれる本能的な対になり得る。また、オメガの男性には、番のアルファの子を宿すことができるという驚異的な特徴がある。

アルファ性の現皇帝エフタンは、侍女、女中を含め五百人の女性が集まるハレムを先代から受け継ぎながらも、隣国オラハドのオメガ性の王子を皇后に迎えた。オメガ性の、しかも男性が皇后になることに反発は少なくなかった。波紋を呼んだ婚姻が成立した裏には十年前に起こったガラチ攻略戦争があり、その戦いを勝利に導いたハイリはパシャの称号を得た。

眉目秀麗《びもくしゅうれい》と評判のハイリに、通りがかった女性たちがちらちらと視線を向ける。香色《こういろ》の髪を覆う毛皮のついた帽子が見るからに高価であるのもその理由だろう。しかしハイリが琥珀色《こはくいろ》の瞳《ひとみ》を彼女らに向けることはない。帽子が高価なのは自分の立場に見合ったものを身に着けているにすぎないし、異性にも関心がない。気づかないふりを貫いて、冬の来訪を前に活気づいた市場を歩いていると、屋台の店番が声を荒らげているのが聞こえた。

「この泥棒め！　盗んだ物を返せ」

見ると、スパイス屋台の店番が旅人らしき男に詰め寄っている。

泥棒の嫌疑をかけられている男は背が高く、随分と鍛えられた体軀《たいく》をしているのが遠目にもわかった。近づいていくと、高い鼻梁《びりょう》と深い目元が凜々《りり》しく、整った顔立ちだったことに驚かされたが、せっかくの資質を小汚い風体が台無しにしていた。無精髭《ぶしょうひげ》を生やし、肩まで伸びた焦げ茶色の髪をざっくり後ろに流して衣服を少々着崩したその男は、泥棒呼ばわりされているのにびくともしない。

「俺は何も盗んでいない」

弓と矢筒、背嚢《はいのう》を背負った男は、盗んでいないと悠長に受け答えしている。店番が納得するまで対応しようとしている男の態度と、だらしない風体の差に興味が湧《わ》いたのと同時に、男の素性に見当がついてしまって放置できなくなった。

「この男は盗人ではない」

「なぜわかる——」

勢いよくこっちを向いた店番の男は、ハイリを見ると押し黙った。毛皮があしらわれた絹のカフタンは明らかに上等な品で、重臣や大商人にしか手が出せないものだからだ。

「そもそも何を盗まれたというのだ」

ハイリの淀《よど》みない声に、店番の腰が退《ひ》ける。

通りがかった者を盗人呼ばわりして、焦った人々からその場で賠償をさせる詐欺はときどき報告されている。このスパイス屋台を見る限り、まっとうな商売をしているようだが、だからといって無関係の旅人に嫌疑をかけていいわけではない。訊《き》けば、店番は「ナツメヤシの実を袋ごと」と答えた。

旅人は黙っているが、どこか面白そうにしているのが深い目元からわかる。灰色がかった薄茶色の印象的な瞳がじっと見つめてくるのを感じながらも、ハイリは旅人が犯人ではないであろう理由を説明する。

「彼はナツメヤシの実の価値がどれほどなのかも知らないはずだ。それが食べ物か薬かも」

旅人が着崩している衣服は、標高の高い山脈地域のものだ。現に男は、冬支度を急ぎたい気温なのに毛皮の上着を脱いで肩にかけている。ナツメヤシは絶対に育たない、寒い高山地域で育ったから、ハイリや部下が毛皮のついた帽子を被《かぶ》っている低い気温においても、寒さを感じていないのだ。

「……すまなかった」

店番は旅人に詫《わ》びたけれど、不服そうだ。どうやら商品が盗まれたのは本当らしい。

「盗人のことは保安兵に伝えておく」

部下が言うと、店番は屋台の裏に下がった。

「俺が盗人でないとどうしてわかったんだ」

旅人の男は、顎先《あごさき》の無精髭を撫《な》でながら訊《たず》ねてきた。物怖《ものお》じするとはどんな感覚かも知らないといった男の態度が少々鼻につくも、ハイリは答える。

「背負っているその弓矢は、精巧なものだが使い込まれていて眺めるための美術品には見えない。盗人が狙《ねら》うとも思えないし、盗品だったとしても背負って歩く前に売り物にしていただろう。それにその衣服、コフカス山脈の国のもののはずだ。首元に入った赤い線は、優秀な戦士の証《あか》しだろう」

戦いや狩りに使われる武器のほとんどが銃であるこの時代に、自前の弓矢を担いで放浪する盗人なんているはずがない。なにより、特徴的な立て襟の中着に、腰から下が広がった膝丈《ひざたけ》の上着と革の長靴、そして毛皮の上着を肩にかけた男の素性に、ハイリは察しがついている。

「盗む必要などないようにしか見えなかった」

多彩な市場においても珍しい衣服を言い当てられ、男は宝でも見つけたように破顔した。

「さすがは帝都。頭のきれる美丈夫がいるものだ」

素直な賛辞であるのは、男の屈託ない笑みからわかった。頑強な見目からは想像しがたい、明るい笑顔は、愛嬌《あいきょう》すら感じさせる。しかし雄々しさに欠ける己の容姿を気にしているハイリは、その無邪気さに苛立《いらだ》ちを禁じ得なかった。

「半端な身なりはあらぬ疑いを招く。今後は盗人に間違われないように気をつけるといい」

まだ話したそうな男を遮るように、ハイリはそれだけ言って踵《きびす》を返した。

慌てて追いかけてきた部下が、ちらりと男を振り返る。

「パシャ、あの者は……」

「ああ。メサティアの王子だろう」

コフカス山脈の高山域に多数の集落を抱えるメサティアは、複数の大国に囲まれながらもどの国にも下らず、一度たりとも侵略を許さなかった屈強な小国だ。厳しい環境を生き抜くために男子は皆戦士として育ち、最も尊敬を集める者が王となる。さっきの旅人は、三代連続で王を輩出した一家の長子で、メサティアが誇る最高の戦士、ベルカント・サリに違いない。

「案内しなくてもよいのですか」

「宮殿は見えているのだから迷うわけもあるまい」

孤高の小国メサティアは長きにわたり中立を保ってきたが、アルスマン帝国と同盟を結ぶことになった。ベルカントはその調印のため、国を代表して帝都エスタンベルまでやってきたのだ。

「従者も連れずにやってきたのでしょうか」

「王子とはいえ、旅の世話に割く人員がいないのかもしれない。それに、最強の戦士に帯同する自信のある護衛もそういないのではないか」

メサティアのある山脈地域は、ここ数年、連続して豪雪に見舞われ、食糧難に陥った。人が食べる農作物はおろか、家畜に与える飼料も足りなくなり、狩れる獲物も深すぎる雪によって激減してしまったのである。どれほど誇り高く強靭《きょうじん》な戦士でも、食わねば生きていけない。不敗の王国も食糧難には打ち勝てず、食糧支援を条件に、アルスマン帝国と同盟を結ぶことになった。山脈の北側には凍土が多く占める大国があり、必要に迫られればメサティアが帝国の盾になって戦う。約束をすることで、メサティアに食糧が届き、民は飢えから解放される。要は食糧で傭兵《ようへい》を雇うということだ。実際には、今は北からの圧力は特に感じておらず、メサティアの協力は当面必要ない。しかし、難攻不落のメサティアが帝国についたとなれば、それだけで牽制《けんせい》の効果が期待できるので、食糧支援は妥当な出資ということだ。

「あの体格なら、揉《も》め事には関《かか》わらずに済むでしょうか」

盗人扱いをされていたのが意外なくらいだ。部下が言うのに、ハイリは活気に満ちた市場を見渡しながら答える。

「メサティアの王子も随分肝が据わった様子だったが、あの店番もなかなか勇敢だったな」

「私が店番だったら、盗まれてもあの大柄に詰め寄る勇気はありません」

部下が冗談口調で言ったのに笑って返したけれど、頭の隅に小さなひっかかりを感じている。

「どうかなさいましたか」

「いや、予想以上に温かい日だと思っただけだ」

他愛《たわい》ないことで誤魔化《ごまか》せば、部下は「視察日和《びより》でしたね」とにこやかに答える。気の利く部下に微笑《ほほえ》んでみせたものの、どうしてもあのメサティアの王子のことがちらつく。

(だからアルファ性は苦手なのだ)

屈強な戦士の国メサティアの誇る、一番の戦士ベルカント。帝国まで噂《うわさ》が届くほどの戦士としての才と、それを裏づけるような恵まれた体軀、そしてゆるぎない自信と誇りを抱いた気宇はまさに、稀少な精鋭の性、アルファの男だった。

アルファ性はしばしば精鋭の性としてもてはやされる。支配階級に属し、歴史に名を残すのはアルファが多いとされているからだ。国や地域によってはアルファ性でないと王や族長になれない場合もあるという。ハイリにとって一番身近なアルファは皇帝エフタンだが、その血筋や権力にかかわらず、人を惹《ひ》きつける魅力がエフタンにはある。その否応なく人の関心をひく性質が、臣下としては厄介だったりもする。

目の前でエフタンに謁見している大商人がまさにそうだ。皇帝の権力のみならず、その存在感に魅了され、不必要なまでにエフタンに取り入ろうとしている。

あり余る権力を差し引いてもエフタンは魅力的な男だ。容姿も整っていて頭もきれる。本人曰《いわ》く、何世代にもわたってハレム一の美女が皇帝の世継ぎを産んできたのだから、見目が良くなるのは当然の結果なのだそうだ。ハレムとは皇帝の世継ぎをもうけるにふさわしい女性が集められ、高度な教育が与えられ、皇帝の子息が育つ場所である。洗練された女性が代々の皇帝の目にとまってきたのは確かにそうなのだろうが、エフタンは多妻が認められるなか一人と婚姻を結び、子供も伴侶《はんりょ》とのあいだにだけもうけている。

そんな信条を知ってか知らずか、大商人は娘をエフタンのハレムに献上したいと言いだした。

「我の番は一人だけだ」

一蹴《いっしゅう》されて、大商人は慌てていた。しかしエフタンは同じような申し出に慣れているので、約束の献上品だけ置いて帰るよう促し、謁見は終わった。

「ジュラと番になってもう十年も経つのに、いまだにハレムで妾《めかけ》を囲う話をされるとは。そろそろ心外だぞ」

大人が四、五人並んで座れる幅の玉座についているエフタンは、兄弟同然に育ったハイリを見て拗《す》ねたような顔をする。

「東の国々では後宮があって当然、西へ行けば信じがたい制度だそうですから。どちらにしてもハレムの印象が強く残るのでしょう」

番のジュラを皇后に迎えたのに、エフタンがハレムを解体しないのは、教育機関としての役割と、子育ての環境を維持するためだ。しかしハレムが存在する以上、妾候補にと女性を勧められてしまうのはやむを得ないのかもしれない。

「次の謁見はメサティアの王子です。ハレムの話はしないでしょう」

機嫌を直せと言外に添えれば、エフタンは首を左右に倒してから姿勢を正し、扉のほうへと視線を向けた。ハイリの隣に並んでいる他の重臣たちも同じ方向を見るが、皆一様に興味と警戒心の混ざった表情を浮かべている。アルファ性の最強の戦士は一体どんな男なのか。メサティアはあまり外交活動をしないため、たまたま市場で見かけたハイリ以外は誰《だれ》もベルカントを見たことがないのだ。

昨日の印象は正直、あまり良くなかった。身だしなみに派手さは求めていないが、せめて手入れをして謁見に来てほしい。市場でのベルカントを思い出すと内心祈らずにはいられなくなった。

（あまり良い予感がしないな）

外見も印象作りには重要だが、もっと大事なのは態度だ。あの、何事にも動じないといった態度が吉と出るか凶と出るか。ハイリにも予測がつかない。

対メサティアの方策としては、実は征服論のほうが優勢だった。即位から間もなく領土を広げたエフタンには、さらに領土を広げ以前の帝国の威光を取り戻すという期待を抱いている者が多い。食糧難によってメサティアが弱体化している今こそ、絶好の機会だと息巻く重臣が幾人もいた。

しかしハイリは同盟論を貫いた。最も若い重臣で、最高位のパシャの称号を持つ自分を鬱陶《うっとう》しく感じている者も少なくないなかで、消極的ともとれる方策を提案したのはハイリなりの理由がある。最終的な決断はエフタンが下したが、ベルカントが与える印象によっては、同盟はやはり弱腰すぎたと批判の的になるだろう。

扉が開くと、重臣たちはたちまち品定めをするように目元を細めた。しかし、入ってきたベルカントの姿を確かめた途端、静かに息を呑《の》んだ。

切りっぱなしの髪を束ね、きれいに顔を剃《そ》ったベルカントは、メサティアの正装を纏《まと》って堂々とした足取りで謁見の間の中央へと歩いてくる。昨日の小汚い印象が嘘《うそ》だったかのような変身ぶりだ。二十五歳になったばかりの、若くて艶《つや》のある肌と血色の良さが精悍《せいかん》な顔立ちを際立てていて、中着の立て襟に覆われた首元は隠れているのが勿体《もったい》ないほど逞《たくま》しい。体型に沿ったベルベット地の上着は腰の部分が細まっていて、胸の厚さと引き締まった腰を強調するかのようだ。膝丈の裾《すそ》の下は革の長靴がほどよい光沢を放っている。長い手足は質量を感じさせるのに、身のこなしが機敏なベルカントは、不敗の王国メサティアの難攻不落の歴史を物語っていた。

ベルカントの圧倒的な存在感は、同盟を提案したハイリの慎重さと、それを採用したエフタンの先見の明を証明するかのようだ。現に、征服論を唱えていた者たちが一様に口元を力ませている。語られずともアルファ性とわかる迫力にすっかり気圧《けお》されているのだ。

立ち止まったベルカントはエフタンをまっすぐ見てから重臣に視線を移した。並んだ顔をざっと確認していたベルカントは、ハイリに気づくなり、とても良いものを見つけたように笑う。

エフタンに挨拶《あいさつ》するよりも先に笑いかけられてしまい、思わず眉《まゆ》を顰《ひそ》めそうになった。ほんの少し手助けをしたくらいで懐いたような笑顔を向けられては居心地が悪い。

同盟を結ぶという重大な目的があるのだから、他の誰でもない、皇帝エフタンに挨拶をすべきだ。向けられた笑顔をわざと無視すると、ベルカントは一瞬つまらなそうな顔をするもエフタンに照準を合わせた。

「なるほど。メサティア一の戦士はやはり、格が違うようだな」

真っ先にハイリに気を取られていたベルカントを、エフタンは面白いものを見たといった表情で迎えた。

「よくぞ参った。メサティアの誇る最強の戦士ベルカント・サリとはそなたのことだな」

「いかにも」

足を肩幅ほどに開き、腰帯に片手を添えたベルカントは、とても自然に胸を張って立っている。国力に歴然とした差があるにもかかわらず、一切の媚《こび》を見せない姿勢に、エフタンはますます面白そうな顔をした。

「しばし滞在する予定だろう。皇帝として歓迎する」

皇帝として歓迎するとはすなわち、エフタンが認める賓客ということだ。エフタンはよほどの実績がなければ、どんな客人も特別扱いをしない。ベルカントの物怖じしない態度が随分気に入ったようだ。

「ハイリ、顔見知りだったのか」

エフタンの問いを否定しようとしたとき、ベルカントがはっとしてこちらを見た。

「ハイリ……。ハイリ・カディルか」

ハイリの名に反応したベルカントは、なぜか目を輝かせている。思い当たるとすれば十年前の功績くらいだが、まさか指揮を執ったのが誰かを知っていたとは。

「ハイリを知っているのか」

エフタンの問いに、ベルカントは口角を上げたまま答える。

「俺は強さに自信がある。だが戦略は別だ。矢の雨の軍師には絶対に会いたいと思ってい

た」

十年前、矢の雨作戦を含むガラチ攻略作戦を立案したことで、二十歳でハイリはパシャの称号を得た。帝国史に残る名案だったことは間違いなく、それゆえエフタンの信頼も厚い。しかしハイリ自身は十年前の功績を誇りに思えないでいる。称賛されるたびに苦い実を噛《か》んだように心地が悪くなり、胸に澱《おり》がたまっていく。ベルカントの屈託ない表情は、その明るさに反して膿《う》んだ傷をひっかくようだった。

無表情を貫くハイリとは違った理由で、他の重臣たちも眉を顰めるのを我慢していた。世界最大の帝国の皇帝に対し、ベルカントが遜《へりくだ》る様子が微塵《みじん》もないからだ。しかしエフタンが気にした様子はない。強大な権力を持っても振りかざす人間ではないからだ。むしろ新鮮な空気を吸ったかのようにすっきりした顔をしてハイリに笑んでみせる。

「熱心に好かれたものだな、ハイリ」

「陛下……」

エフタンがいつになく楽しそうなのは構わないが、揶揄《からか》われても気の利いた反応はできない。眉間《みけん》に皺《しわ》が寄らないよう耐えるハイリに、エフタンはついにはっと声を上げて笑った。

「此度《こたび》の同盟を嬉《うれ》しく思うぞ」

エフタンの一言で謁見は終わった。ベルカントが去り際にもう一度ハイリに笑いかけたものだから、ベルカントが去ったあともエフタンはご機嫌だった。

「面白い奴だ。同盟は名案だったぞハイリ」

「おそれいります」

ベルカントのせいで揶揄われるのは癪《しゃく》だが、エフタンが同盟の意義と手ごたえを感じているなら僥倖《ぎょうこう》だ。

「メサティアの戦士は、調印が済めば訓練に参加するのだろう。見にいこうではないか」

今回の滞在で、ベルカントは北方と対峙《たいじ》する場合に備え、帝国軍の訓練に参加することになっている。最強の戦士の腕前がどんなものか、兵士のあいだでは期待のこもった噂が行き交っているという。見学に誘われ、溜《た》め息《いき》まじりに頷《うなず》けば、エフタンに「そんなに嫌ってやるな」と言われてしまった。

「嫌ってなどいません」

ただ苦手なだけだ。アルファ性は本人の意思にかかわらず周囲を巻き込んでしまうから。

その日のうちに調印がなされた。式はなく、最年長の重臣が皇帝の代理人として調印するにとどまった。食糧の輸送予定や、定期的な連絡などの説明は部下が行うことになっている。いくらエフタンがベルカントを気に入ったとはいえ、広大な帝国を統べる者には一人だけを構う時間がない。ハイリも、そんなエフタンを支えるパシャとして、毎日忙しく働いている。その合間を縫っての、訓練の見学の予定を立てているころだった。

「ハイリ。今夜の食事は一緒に食べよう」

調印から三日後、夕方に執務室に来たと思えば、ベルカントはまるで近所の馴染《なじ》みの者を誘うように夕食の供を求めてきた。

「一人分の食事を部屋に持ってこられるから、この宮殿では一人で食べるのが決まりだと思っていたが、訊けば誰と一緒でもよくて食堂もあるというではないか。一人で食べるなんて息が詰まる。ハイリ、一緒に食べよう」

あまりにも親しげなせいで、呆然《ぼうぜん》と瞬《まばた》きをするしかなかった。読んでいた書簡を手に静止したハイリに、ベルカントはにこにこと笑いかける。

大柄で猛々《たけだけ》しい容姿に見合わない明るい笑顔は、子供のころにエフタンが軽食に誘ってくれたのを思い出させる。だが懐かしい気持ちにはなれなくて、驚きと呆《あき》れが混じった溜め息が漏れた。

ベルカントは宮殿内でも上位の客室を与えられ、食事も賓客としての待遇だ。その良し悪しは個人の感想だから置いておいても、五つも年上の、しかも最高位の重臣であるハイリを衒《てら》いなく誘うのは少々豪胆も過ぎるのではないだろうか。

「確かに個人で食事を済ませるべきと決まっているわけではない。しかし私のように一人を好む者もいる。訓練で打ち解けた者がいるなら誘ってみてはどうかな」

他をあたれと言ってみたが、ベルカントはまっすぐハイリを見たままだ。

「だからハイリを誘いにきたんだ」

打ち解けてなんていないだろう。そう言ってしまいたかったが、大人げない気がして言えなかった。

「……わかった。だが遅くなるぞ。こう見えても私は忙しいんだ」

察するに、メサティアの民は身分や階級にあまり頓着《とんちゃく》せず、集団行動を好む。食事も大勢で囲むのが慣習に違いない。知らない国に一人で旅をしてきたうえに、顔見知りもいない広大な宮殿の一室で、一人食事をするのは寂しいのだろう。不憫《ふびん》というほどでもないが、心細さは想像できる。

アルスマン帝国は小国がいくつも合わさってできた多民族社会だ。仮にも皇帝に次ぐ地位にいる自分が、同盟国からの客人が習慣の差に戸惑っているというのに、理解を示せないのは問題だ。面倒に感じている己の本心にそう言い聞かせ、了承する。

「準備が整えば侍従に呼びにいかせる。それまでに他の者と食事をすることになれば、遠慮せずにそちらへ行くといい」

「わかった。待っている」

ハイリが首を縦に振って、ベルカントは満足そうに笑った。外見の印象を裏切ってよく笑う男だ。

「それと」

部屋を出ようとしていたベルカントを引き留めると、何を言われるのか、期待したような顔をされた。ハイリは静かな声で告げる。

「矢の雨作戦の話はしない。ガラチ攻略戦のことが知りたいなら、他をあたってくれ」

十年前の作戦が、この男の興味を惹いた原因だ。しかし自分から話すことはない。あれはハイリにとって功績ではないのだ。

「わかった。俺はハイリを待つ」

ハイリの譲らない姿勢を見ても、ベルカントは残念そうな顔をすることはなく、素直に頷いて部屋を出ていった。

静けさが戻りほっとしたのも束《つか》の間、ベルカントと夕食を共にする約束をしたことを思い出した。

何を話せばいいのだろう。ハイリは決して多弁ではないし、一人を好むと言ったのも本当だ。誰かと食事をするとしてもパシャとしての食事会くらいだから、個人的な食事に適した話題なんてわからない。

書簡に対し返事を用意して、今日の執務を終えた。すぐさま侍従に二人分の食事の用意と、ベルカントを呼びにいくよう頼む。話題を探すも何も思いつかず、悩んでいる自分に気づいたハイリは、なぜベルカントのために悩まなければならないのだと自問した。

半ば強引に夕食の供を迫ったのだから、気を遣うべきなのはベルカントのほうだ。そう思い直して、執務室の隣にあるパシャ専用の居間に入り、絨毯《じゅうたん》の上に敷かれた長い座布団の上に座った。胡坐《あぐら》をかいてしばし待つと、ベルカントがやってきた。

「言ったとおり遅くなっただろう」

本当はもう二、三、書簡に目を通したかったが、待たれていると思うとそんな気になれず、早く切り上げた。しかし、待たせたのは事実なので一応断っておいた。

「食事ができるならいつだっていい」

そう微笑んで、ベルカントはハイリの隣に胡坐をかいた。帝国から西に行けば室内でも靴を履いて生活するという。メサティアの生活も西洋式と聞いていたが、歓迎の品として用意されていた屋内履きを迷うことなく脱いで絨毯に座るところを見ると、床の上の生活に抵抗はないようだ。

「メサティアでは机と椅子《いす》を使うと聞いていたのだが」

せっかくだからメサティアの文化について話してみよう。ベルカントも、自分の国のことを話すのに悪い気はしないだろう。

「机も椅子も使うし、寝るのは寝台だ」

西洋式の生活が習慣だったのなら、なおさらこの宮殿での寝食は落ち着かなかっただろう。他文化圏からの来客が多いこの宮殿ではそれぞれ客人に合わせたもてなしをするよう配慮されているものの、最優先されるのは宮殿のしきたりであり帝国の文化だ。

先代、先々代皇帝の時代に次々と領土を失い、国力を立て直す一環として西洋化の波が訪れた。机と椅子、寝台なども取り入れる者が増え、ハイリも執務室には事務机と椅子を置き、寝室には寝台がある。しかし寛《くつろ》ぐのは絨毯の上で、食事も団欒《だんらん》もそうだ。

「それなら、絨毯の上での食事は慣れないのではないか」

「狩りに出かけたら地面に座って食べるし、そこで寝ることも多いから、絨毯があるだけで快適だ」

そう言ったベルカントは、楽しげに笑ってハイリの目をじっと見てくる。どうやら自分に興味を持たれたと思って気を良くしたらしい。

外交活動の一部でしかないのに。内心そう呟《つぶや》くも、頑強な体軀からは想像しがたい素直な笑みが、ベルカント自身に興味を示さないのがまるで意地悪のように感じさせる。

厄介な男に懐かれたものだ。先手を打っておいたからか、十年前について訊いてくる様子はないが、しかし興味を持たれるきっかけだったのがわかっているから話題を広げづらい。

どうしたものか。困っていると、夕食が運ばれてきた。

「宮殿の食事は華やかだな。どれを食べてもうまい」

食台に並べられていく一品一品を興味深そうに見つめるベルカントは、食事をよほど楽しみにしていたようだ。

「これは何というんだ？　俺の国ではコトリと呼ぶ料理に似ている」

ベルカントは、小麦を練って発酵させた生地を薄く伸ばし、チーズや腸詰め肉をのせて焼いたピデを指差した。

「ピデだ。西洋ではピザと呼ばれているとか。このように燻製《くんせい》にした肉や野菜がのっていることが多い」

帝国の食文化は世界で最も多彩で美味だと言われる。長きにわたり東洋、西洋、中東を交易で結んできたため、世界の美食も自然と集まり、それが進化して今の食文化が形成された。宮廷料理のみならず、市場での買い食いですら頬《ほお》が落ちるほどうまいものがたくさんある。メサティアはほとんどを自給自足で暮らしているから、ベルカントにとってはどれも珍しくておいしいのだろう。

「宮殿の厨房《ちゅうぼう》には十の部屋があって、八部屋で料理を作り、残りの二部屋は菓子と薬を任されている。それぞれに料理長がいて、調理係は合計で三百人にのぼる。八つの料理部屋は材料によって別れているから、毎日が腕の見せあいのようなもので、それを何百年も続けてきた結果、私たちは毎日美食を味わえるというわけだ」

せっかくなので、宮殿の驚くべき厨房の様子について話してみると、ベルカントは食台に並んだスープや野菜の肉詰めを見比べながら、本当に光り出しそうなくらい目を輝かせる。

「あの、大きな煙突がいくつもあるのが厨房だろう。前の中庭は良い匂《にお》いでいっぱいだ。広そうだとは思っていたが、そんなにたくさんの調理人がいたのか」

確かに厨房の近くにいくと一日中おいしそうな良い匂いがする。ベルカントは遠慮して部屋に閉じこもるような性格ではなさそうだが、やはり宮殿内を散策していたようだ。

「演習での活躍は聞いている。一人で十人ぶん動くそうだな。そんなに大きな身体《からだ》でたくさん動いたら、今までの食事は物足りなかったのではないか」

客人は食べきれないほどの料理でもてなすべきで、満腹にさせなければ宮殿の恥だ。色とりどりの料理を前に、ベルカントがあまりにも感動しているので、今まで足りていなかったのではと不安になった。

「この宮殿はたくさん食べさせてくれるから、足りないと感じたことはまだない」

笑顔で満足していたと言われ、ほっと胸を撫で下ろす。

「それはよかった」

帝国式の食事では、同席する者は必ず大皿から料理を分けあう。一通り皿が並んだので食べるよう促すと、ベルカントは小麦粉を練った生地を窯《かま》で焼いたエキメッキを手に取り、大きめに一口分ちぎって頬張った。

「俺の評判を聞いたのか？　なんと言われていたんだ」

おいしそうに咀嚼《そしゃく》してから飲み込んだかと思えば、前のめりになって訊ねてきた。よほど自信があるらしい。

「借りた馬でも自分の手足のように操ると聞いた。あとはベルカントが使えば弓が紙のように軽いものに見えると」

この三日でベルカントは宮殿内の時の人となった。馬に乗せれば誰よりも見事に操り、矢を射れば鉄砲よりも正確に的に当てる。剣を持たせればその強靭な太刀《たち》筋で周囲を驚かせ、取っ組み合いでは瞬きをするあいだに三人を伸してしまうという。誇張されているにしても、聞いたことのない評判で、エフタンにも演習の見学を急《せ》かされるほどだ。冬の到来を前に貿易が活発化するこの時期は、商人や役人との謁見の予定が過密気味で見学はまだできていないが、宮殿内を少し歩けばベルカントの話題にぶつかるほど注目の的なのである。

「メサティアの戦士はやはり優秀なのだと評判だ」

「そうか。よかった。俺の評判が良ければ、ハイリの役に立つか？」

「……なぜそんなことを？」

「同盟を提案したのはハイリだろう。戦って山を奪うつもりだった重臣もいたはずだ。俺が強いと評判になれば、同盟を選んだハイリは評価されるのではないか」

誰かに聞いたのか、それとも案外鋭いのか。征服論の存在を知っていたとは。

謁見の印象しかり、実際の演習しかり、ベルカントの評判は、征服論を無策に感じさせる威力がある。同盟を唱えたハイリの評価に繫《つな》がるのは確かだが、なぜベルカントがそんなことを気にしているのか。

「そうなるとは思うが、なぜベルカントが私の評価を気にするのだ」

「ハイリの役に立ちたいからだ」

気にしてくれるなら、突然夕食の供を言いださないでほしかった。そんな本音が喉元《のどもと》まで出かかったけれど、役に立ちたいと言われて嫌な気分になるわけもない。むしろ、パシャであるハイリは気を遣われるばかりで、腹を割って話せる者もおらず、もとより愛嬌もなくて遠巻きにされているといっても過言ではないから、強引なくらい積極的に話そうとする者は珍しく、新鮮でもある。

しかしなぜ他人の役に立とうとするのか。まさか市場で手助けしたことへの恩返しだろうか。

「そんなに気を遣わなくていい。せっかく旅までして帝都に来たのだから、自分の時間は有意義に使うべきだ」

「俺は楽しいぞ」

愉快な話なんてしていないのに、ベルカントは笑顔で料理を口に運ぶ。

(不思議な男だ)

ベルカントは本当に、ただおいしそうに食事をして部屋へ帰っていった。ハイリについて訊いたりせず、料理の味を褒めて、知らない具材の名前や産地を訊ねるだけ。それで喜ぶなら気楽なものだが、どこか肩透かしをくらったような、妙に物足りない心地にさせられてしまった。

（本当に不思議な男だ）

アルファ性の強い戦士で、あの大柄に似合わない愛嬌。馴れ馴れしさに垣間見《かいまみ》える知性。孤高の人といった印象を与えるも、その実は人間関係を築くのが苦手なだけのハイリにとって、これほど相手にするのが難儀な男もいない。

ともあれ、食事をしたのはただの外交活動だ。あとは形式的な昼食が一回と、エフタンの供をして演習の見学にいくくらいで、ベルカントは国へ帰っていく。そう思っていたのだが。

「ハイリ、今夜は魚が食べられるらしいぞ」

翌日の夕方も声をかけられて驚いた。

「献立は侍従が管理しているから知らせてくれなくていい」

謁見の間を出てすぐの中庭で、一人になったところに話しかけられ、まさか待ち伏せかと勘繰ってしまった。しかし、襟が開いた首元から熱気があふれているのがわかって、どこかから走ってきたのだと見当がついた。

「一緒に食べよう。話したいことも色々ある」

手を伸ばせば当たりそうな距離で言われ、なぜか胸のあたりがむずがゆくなり、視線を逸《そ》らすと、部下が数人こちらを見ているのと目が合ってしまった。

「どんな内容だ。話す必要があれば時間を設ける」

馴れ合っているなんて思われては困る。執務の一環としてなら会う時間を作ると言ったのに、ベルカントはどこ吹く風だ。

「訓練を見にきてくれ。みんな褒めてくれるし、ハイリが見たら喜ぶと言っている」

見学に誘うだけなら食事の必要はないではないか。言いたいことが増えていくが、ともかく、見学については解決済みだ。

「皇帝陛下が見学をご所望だから、予定を決めたところだ。私もお供する」

「いつだ。明日か？」

「四日後だ」

やっとのことで時間を工面した。そのとおり告げると、ベルカントは一瞬唇を尖《とが》らせた。

「ハイリだけでも明日来てくれないか」

「ベルカント」

引き下がらないベルカントを、ハイリは柱廊の陰へと引っ張っていく。

「メサティアではどうか知らないが、帝国では上位階級から下位の者に話しかけるのが通例だ。私は重臣の中で最も高位の立場にある。王子とはいえ異国の者が気軽に話しかける相手ではないのだよ」

　二人だけならまだしも、周囲の目がある場所では誰かを贔屓《ひいき》にしているような誤解を招く行動は避けたい。釘《くぎ》を刺しておかねば今後が思いやられるので言えば、ベルカントは意外なほど素直に頷いた。

「わかった。俺にどんな階級があればハイリと自由に話せるんだ」

　同盟を結んだ異国の王族貴族には形式的な階級が与えられる。しかし重臣や、ましてやパシャと並ぶ階級ではない。

「せめて大隊長くらいでないと、引き留められても困ってしまう。角が立つのは私ではなく下位の者のほうだ。遠路はるばる同盟を結びにきて、会話のしかたなんかで後ろ指をさされてはいけない。ベルカントのために言っているのだよ」

　いくら帝国側から提案した同盟で、ベルカントたち戦士が鬼神のように強くとも、反感を買って困るのはベルカントとメサティアのほうだ。さすがに自重するといった答えが返ってくると思いきや、一秒ほど目を閉じて思考を巡らせたベルカントは驚くことを言う。

「わかった。大隊長以上の階級がもらえるか訊いてみよう」

「訊くって、誰に訊くつもり――」

「なんとかする」

　平気だと笑って、ベルカントは走って中庭に出ていってしまった。

「兵の最高位は私だぞ」

呆気《あっけ》にとられながら、小さくなった後ろ姿に呟くほかなかった。

パシャは全官僚、重臣の上に立つ。大隊長以上の将校職を付与するのはパシャの権限なのに、一体どこへ向かうというのか。

ますます不思議な男だ。

考えてもどうしようもないので、完全に意識から外して執務室に戻った。そして昨日できなかったぶんまで書簡に目を通して仕事を終え、自室の居間に戻ると、夕食が運ばれてくるのと一緒にベルカントが部屋に入ってきた。

「演習で世話になった大隊長に訊いたら、階級のことはハイリか皇帝に頼むほかないと言われてしまった」

残念そうな顔をしながら、当然のように昨夜《ゆうべ》と同じ位置に胡坐をかいたベルカントは、なぜ二人で夕食を摂《と》ることになっているのか理解できないでいるハイリに気づき、手招きをした。

どうして自分の部屋の絨毯に異国の客人が先に座って、自分を手招きしているのか。食台に二人分の料理が並んでいくのがまず納得できない。

「今夜も夕食を供にする約束をした覚えはないぞ」

ベルカントに言ったのに、侍従のほうが驚いていた。どうやら約束があると勝手に吹き

込んだようだ。

「さっき一緒に食べようと言ったじゃないか」

「私は言っていない」

確かに完全に拒否しなかったが、急に会話を切り上げたのはベルカントだ。

しかし、追い返してしまうと侍従の立場を悪くしてしまう。普段は頼りになる勤勉な侍従をちらりと見ると、困惑した表情で盆を抱えている。

「今夜のところはもういい。だが今後は必ず私の了解をとってくれ。というより、まず相手の意思と予定は確認するものだろう」

言ってから、相手はまがりなりにも王子だったことを思い出したが、

「気をつける。すまなかった」

と、今までの勢いが嘘だったように素直に謝られてしまい、なんだか悪いことをした気分になった。

釈然としないが、侍従が不憫なのでそれ以上は何も言わずに座ると、途端に嬉しそうな顔をされて、より落ち着かない心地になる。

悪気がないのはわかる。振り回そうなど、本人は微塵も思っていないことだろう。昨夜思い至ったとおり、見知らぬ土地にたった一人で滞在する寂しさが原因で、ハイリに構ってもらおうとしているだけだ。

（あまり素っ気なくするのも酷か）

遠慮なく食べるよう促すと、ベルカントはその凜々しい目元を輝かせて海の幸を口に運ぶ。

「うん、これはうまい」

ハガツオの塩焼きを頬張ったベルカントは、それは幸せそうだ。山の生活だと海の幸は珍しいはずで、昼間から魚を楽しみにしていた。

今が旬《しゅん》のハガツオはハイリも好んで食べるが、ベルカントの笑顔を見ていると、自分のぶんも食べろと勧めたくなる。こういうのを愛嬌というのだろう。

気づくと、料理を口に運んではおいしそうに口角を上げるベルカントに見入っていた。

豪快な手つきながら、決して散らかすことなく食べる姿は生き生きとしていて、ハイリは生まれて初めて誰かの食事姿から生命力を感じた。

「何か、おかしなことをしてしまったか？」

視線に気づいたベルカントが片眉を上げて食べ止まった。すべてを食べ尽くしそうな勢いを止めてしまうほど見つめていたらしい。恥ずかしくなって、誤魔化すように数品を取り皿によそう。

「そんなにおいしそうに食べる人を初めて見た」

なぜ見つめてしまったのか正直に言えば、自覚がなかったらしく、ベルカントはぱちぱちと瞬きをしてから笑顔で答えた。

「海産物は帝都に来て初めて食べたし、ここの料理は使われる香辛料も多くて食欲が湧く。それに、食器も色々な柄があって見ごたえがある」

「食器か。言われてみれば種類が多いな」

帝国の工芸品である陶磁器は幾何学模様か草花と鳥類の模様が描かれていることが多く、色合いが鮮やかで一つずつが個性的だ。また、装飾に使われるような東洋の食器も、この宮殿では食事に利用されている。食器を飾るという概念はここでは採用されたことがなく、以前にどこかの国の外交大使が驚いていて、ハイリも初めて食器を飾るという文化の存在を知った。

「異国に行けば飾って置いておくような食器にも料理が盛られてくるから、より見栄えがするのかもしれないな」

「そうなのか。贅沢《ぜいたく》な気もするが、皆が大切に使うからできることなのだろうな」

そう言ってすぐ野菜の肉詰めを頬張ったベルカントは、「これもうまい」と笑った。

「なるほど、皆が大切に使うからという視点は面白い」

確かに、食器に触れる誰もが長持ちさせる努力をするという信頼があるからこそ、高価な食器も実用できるのかもしれない。

新しいことを学んだ気分だ。食事の始まりは無茶苦茶だったのに、ベルカントの心底おいしそうに食べる姿もあいまって、今夜が少し楽しくなってきた。

誰かと食事をするのも悪くない。そんなことを考えて、完全に振り回されていることに気づく。これはアルファ性のせいか性格か。どちらにしても、ベルカントは厄介な男だ。

その厄介な男は、今後はきちんと予定を確認してくるだろうか。釘も刺しておいたことだし、と信用してみたら、翌日は日中に一言も交わしていないのに、また夕食時に現れて頭痛がしそうになった。

「相手の予定を確認するように言っただろう」

自室の居間に戻った直後に現れたベルカントは、今度こそ悪気はないと言いたげに駆け寄ってくる。

「確認したかったのに日中はハイリと会えなかったから、今確認しにきたんだ」

「今、確認……」

予定の概念を説明するところから始めなければならなかったらしい。思わず眉間を押さえたハイリに、

「大隊長が片道二時間の演習地に連れていってくれたから、ハイリに会いたくても会えなかった」

と言って、広い肩を落とすのだから手に負えない。

ただ、ベルカントは馬鹿ではないし、むしろ敏《さと》い男だと感じる。この強引さはある程度

意図的のはずだ。その目的が、ただハイリと話したいというのが解せない。他にもっと面白い人間がいるだろうに。

それとも、油断を誘って矢の雨について訊くつもりか。

「話したいことがあるならはっきりそう言えばいいではないか。期待には応《こた》えられないと思うがね」

「話したいこと？　ああ、ハイリと気兼ねなく話せる階級について、昨夜相談しそびれたな」

こうも自由に自室に出入りされたら、気兼ねなく話せる階級も何も、必要ないではないか。喉元までせり上がってきた言葉を放ってしまうか、一瞬迷った。しかし、言ってしまえばこの強引さにお墨付きを与えることになりそうで、踏みとどまる。

「異国の貴族や大使に授与される階級は慣例で決まっている。それ以上となると、もはや私の権限では決めきれない」

用件を明日に残さないよう、階級についての可否を簡潔に説明したのに、ベルカントは退かない。

「そうかもしれないが。ともかく、今日の執務はもう終わったのだろう」

「わかった、わかった」

何を望んでいるのか言われなくてもわかるので、問いには答えず宥《なだ》めすかすように言えば、満足げな笑みが返ってきて苛立ってしまいそうになった。

（目の前にいるのは、特別に不思議な男なのだ）

そう心の中で唱え、飾り枕《まくら》を背にして絨毯の上に座る。食事は何も言わなくても二人分運ばれてくるだろう。急に疲労感が増したから、脚を崩し、寛ぐことに専念する。

ベルカントは慣れた様子でハイリの隣に座った。昨日までよりも、逞しい肩が近くにある気がするが、わざと意識から外して飾り枕にもたれかかった。するとベルカントも同じように枕に背を預けつつ、ハイリのほうへと身体を倒す。

「ハイリ、俺が十分な階級を得られる機会はないだろうか。しばらく帝都に居られるような、れっきとした立場が」

寛いだ体勢と相反する真剣な表情で横顔を覗《のぞ》かれ、思わずそちらを振り向いた。

「しばらく帝都に居るとはどういうことだ」

「そのままの意味だ。俺はまだ帝都を離れたくない」

あと一週間ほどすれば国に帰る予定で、それが帝国とメサティアの約束だ。なのに、離れたくないと言いだしたベルカントが何を考えているのか、ますますわからない。

「メサティアに戻らねばならないだろう。同盟締結の成果を持ち帰らなければ。お父上も待っておられるのではないか」

どれほど屈強とはいえ、息子を一人で旅に出したのだ。メサティアの王も心配していることだろう。言葉にはされないであろう家族や友人の不安を、少しは顧みるべきだ。帝都の活気や宮殿の規模、自分に対する評判に浮かれているのかもしれないけれど、一時の感情で見誤ってはいけない。

なにより、同盟はメサティアの戦力に期待して結ばれている。最強と名高いベルカントが不在では、戦略的な価値が損なわれてしまうというのも、発案者のハイリとしては懸念すべき点である。しかしベルカントは、問題ないと首を横に振る。

「同盟について手紙はもう送った。親父《おやじ》は俺が今回の旅でより多くのことを学んでくることを望んでいるから、しばらく戻らないくらいのほうがいい」

せっかく国を離れたのだから、目的以外の経験値も積めるだけ積んで帰るべき。それについては同意するが、特段理由もなしに階級も立場も与えられないし、そんな機会も、残念ながら設けられない。

「帝国内を旅したいというなら好きにすればいい。通行証ならいくらでも書く。だが宮殿に留《とど》まるに値する立場も階級も、頼まれたからといって渡せない」

帝国民だって宮殿住まいとそれに値する立場を手に入れるのには苦労する。

「ここでは役職と階級は個人の功績によってのみ与えられる。皇帝以外は世襲もない。名声も権力も、受け継いで手に入れることすら不可能だ」

個人で功績を築くことだけが出世の道だ。宮殿に住まう者は全員、相応の成果を残してきたことになる。

「期待に応えられなくてすまないね」

「いや、当然のことだ。功もないのに焦ってはいけないな」

半ば強引に迫ったかと思えば、意外な聞き分けの良さを発揮されて、それでいいはずなのに肩透かしをくらった気分になった。表情には出さず、料理を口に運ぶと、ベルカントも焼き魚を頬張る。

うまい、うまいと笑顔を溢《こぼ》すベルカントを、素直と捉《とら》えるべきか単純と呼ぶべきか。わかるのは、悪意がないことで、しかしそれは、人となりの中で最も大切な要素である。一人のはずの食事の席を邪魔されている状況でも嫌な気分にならないのは、人間なら誰しも少しは持っているはずの邪心をまったく感じないからだ。不快な気分にさせないのは、ある種の才能でもあるのだろう。

しかし、一人の時間を邪魔されると面倒なのは変わらない。そんなハイリの本音に関心がないのか、ベルカントは水さえおいしそうに飲んだ。

「親の跡を継げないとしても、その歳《とし》でパシャになるには、父君も相当な立場なのだろう」

「父は母と隠居しているが、大した身分ではなかったよ。慎《つつ》ましい生活が性分に合う両親だ」

「それなら、ハイリは重臣になるための教育なんかはどこで受けたんだ？」

「珍しい例なのだが、私は母がハレム出身者だ。父と結婚して一度ハレムを出たけれど、それまで現皇帝エフタン陛下の母君と特別仲が良かったから、結婚後も母は侍女として仕えていた。本当なら帝都の小さな家に住むのが精一杯という身分の夫婦だったのに、宮殿に住まわせてもらえていたから、私は宮殿で生まれ育って、同い年の陛下の遊び相手に呼んでもらえていたというわけだ」

ハレム内では、次期皇帝を産んだ母后は絶大な権力を持つ。ハイリの母は、父との結婚が決まった時点でハレムを出たのだけれど、母后のはからいで宮殿の隅に住処《すみか》を与えられ、そこでハイリは生まれた。そして、エフタンの遊び相手としてハレムで日中の多くを過ごした。

「世襲はないと言ったが贔屓はある。幼なじみも同然の私を、陛下は特別に贔屓してくださっている。パシャの地位はひとえに陛下のご威光にあずかっているだけだよ」

十年前の勲功は、エフタンにとって、ハイリに地位を与える絶好の機会になった。矢の雨に話が繋がってしまいそうで、内心身構えたハイリだったが、ベルカントは最初の約束を覚えているのか、『特別な贔屓』について何も訊こうとはせず、代わりにハレムのことを訊いてきた。

「ハレムは皇帝以外の男は入れないはずだろう？　一昨日迷ったあげくにハレムのほうへ

入りかけて、男の使用人に止められた。だが考えてみると、あの男はハレムで働いているようだったし、ハイリの父君もハレムに出入りしていたから母君と出逢《であ》ったのではないのか」

特にハレムの内情に興味があるわけではないようだが、迷ってハレムに入りかけたとき、皇帝の許可がない男性の出入りは厳禁であると強く言われたのだろう。どうして例外が生まれるのか気になっているらしい。

「ハレムに出入りできる男性は稀《まれ》だ。ベルカントを止めたのは宦官《かんがん》だろう。宦官は見たとおり男性で、ハレムを管理する職に就いている。しかしその最たる特徴は、女性たちの脅威にならないよう、去勢されていることだろう」

「去勢……」

痛みを想像したのか、ベルカントは眉を深く寄せ、反射的に大きな手で脚のつけ根を隠した。ハイリも、宦官に課せられた条件を初めて知ったときは下腹に力を込めたものだ。

「宦官になるのは奴隷身分の者だが、ハレムの中に限られてはいても、高級官僚としての生活を送れる。帝国の奴隷は他国と違い、ある程度の期間勤めれば解放されるようになっていて、解放後も主人は元奴隷に対し生活を保障すべきとされている。代償は決して小さくないが、宦官は皆納得して職に就き、快く引退していくよ」

話に聞く異国の奴隷は、劣悪な労働環境で酷使される場合も多いという。しかし、帝国では奴隷の待遇にも良識と配慮を欠いてはならないとされていて、一般兵よりも高給を受け取る宦官は、志願者も少なくないのだ。

「父の場合は、楽器の指南のためにハレムに出入りが許されていた。私を見れば想像がつくだろうが、父も線が細く、そのうえ仕事は楽器弾き。男性として脅威に思われる要素に欠いていたから許可されていたのだろうね。ただ、話し方が穏やかで教えるのも上手だったから、女性たちには気に入られていたらしい。多数いた生徒の中でも一番熱心に学んでいた母と懸命に教える父を見て、先の皇帝は父に母を贈ったのだそうだ。母も奴隷だったから」

ハイリの母親が元奴隷と知って、ベルカントは驚きつつも話題を変えるべきか迷っているように見えた。メサティアでは、身内に奴隷がいたとしたら隠すかもしれないし、そもそも奴隷と婚姻を結ぶことはないのかもしれない。

ハレムにいる女性はほとんどが奴隷だ。歴代の皇帝の母親もそうなのだが、彼女たちは宮殿において女官という役務を与えられている。下働きから始まり、上は王族の世話や宝物の管理など、様々な役目を持つ女性たちが毎日勤勉であることでハレムは維持され、宮殿も機能している。自由に制限が課され、主人の所有下に入ることに変わりはないが、帝国の奴隷とは諸外国でいう労働階級であり、宦官も女官も、確立された役務だ。

「気にすることはない。奴隷は遠く離れた場所から集められるという点で酷な扱いを受けても、主人と契約した労働者という認識のもとに相応の待遇を得て働いている。蔑《さげす》まれる存在ではないのだよ、私の母も含めて」

「そうだったのか。メサティアには奴隷がいないから、噂に聞いた、酷使されている奴隷を想像していた」

　ほっとした様子でそう言ったベルカントは、新たに食台に置かれた、くるみや乾燥させた果物を甘い汁で煮たアシュレを口に運ぶと、「甘くてうまい」と目を輝かせた。

「皇帝がハレムの女性を部下に贈るのもままあることで、私の両親の場合もだけれど、相性を考慮されてのことだ。ハレムには大勢の女性がいるが、皇帝が選んで連れてきたわけではないから、寵愛《ちょうあい》されるのはごくわずか。残った大勢については、良い相手がいるなら嫁げるようにはからってくださる。おかげで私の両親は仲が良くて、今も充足した隠居生活を送っているよ」

　ハイリが結婚することはない。けれど、良縁に対する人並みのあこがれはあって、両親の仲は理想的だと思っている。

「それにしても、私と気兼ねなく話すために階級が欲しいだなんて、風変わりなことを言う」

　用もないのにハイリと話そうとするのは、幼なじみのエフタンぐらいだ。

「私と話したってつまらないだろう」

世辞や甘言に長《た》けているようには見えないベルカントも、さすがにこの直球をそのまま返したりはしないはず。自嘲《じちょう》しかけたハイリは、思いがけない返答に息を詰まらせた。

「ハイリを好きなのだから、つまらないわけがないだろう」

ハイリのほうへ身体を向けて座り直し、にこりと笑ったベルカントは、まるで常識を説くかのごとく自然体でいる。

「……私を好きだって？」

それは人としての好感か、恋愛感情を含む好意か。直感は後者だと訴えるのに、にわかに信じられず訊き返していた。

「一目惚《ひとめぼ》れだ。市場で会ったとき、引き留めて名前を訊かなかった自分を心底恨んだ。いつもの調子で、少し探せばまた会えると思ってしまったんだ。直後に宮殿内だけでも数千人が住んでいると知ったときは絶望しかけたぞ。だが、ハイリは俺の目の前に現れた。あのとき、運命は俺に味方したと確信した」

言葉数が多いわけではないベルカントが饒舌《じょうぜつ》に好意を伝えてくるのに、何を思えばいいのかわからない。食事中でなければ両手を握ってきそうな勢いに圧《お》されそうになって、状況を整理するためにも根本的な疑問を投げかける。

「私は男だ」

「疑う余地もない」

即答されて、困ったのはハイリのほうだ。ベルカントが自分に好意を寄せる可能性をまったく考えていなかったから、不意打ちをくらった思考がなかなか立て直せない。黙るハイリをよそに、ベルカントは畳みかけるように続ける。

「将来を嘱望《しょくぼう》されている者は、二十歳を過ぎるころには妻を迎えると聞いた。それも、多妻が認められているというではないか。だがハイリは、話しかけるのも躊躇《ちゅうちょ》しなければならない身分なのに妻がいない」

否定の余地がない事実から弾《はじ》きだされるのは、今や暗黙の了解となっているハイリの指向だ。

「ハイリは女性に興味がないだろう」

確信の笑みには、好意が成就する期待が込められている。しかしそれがどうしても鼻について感じられるのは、ベルカントが男性としての魅力に恵まれすぎているからだろうか。

「推測は当たっているが、女性に興味を持たないからといってどんな男でも興味が湧くわけではない」

「それはもっともだ」

「わかっているなら、なぜ私もベルカントに好意を抱いているかのように話を進めるのだ」

「ハイリが俺を好きかどうかなんてわからない。けれど、俺はハイリに好いてもらえるように努力する。そのために、帝都で暮らせる階級が必要なんだ」

純粋な気持ちを伝えるため。澄んだ瞳で訴えるベルカントに、眉間を押さえずにはいられなかった。

自分に対する片想いを手伝うために、食事だ階級だと強請《ねだ》られていたのか。立場上仕方ないのかもしれないが、しかし理不尽な感は否めない。

「好意はありがたく受け取っておくよ。だが希望は捨ててくれ。私は誰とも慣れ合うつもりはない」

「慣れ合うってなんだ。愛し合うだろう」

間髪入れずに言葉を正そうとするベルカントの真剣な眼差《まなざ》しは、言葉尻《ことばじり》を捕らえるような勢いとは裏腹に、正直な感情からくる特別な関係だけを求めていることを物語っていた。

「……誰とも愛し合うつもりはない」

純粋な恋愛しか頭にないといった実直さを否定したくなくて言い直せば、さらに真剣な表情で顔を覗かれる。

「ハイリは、自分の魅力を誰かが愛《め》でるのも嫌なのか」

片想いすら許さないつもりかと問われ、恋愛の可能性を全否定するなと言われていることに気づく。

ベルカントの恋愛観がどうであれ、ハイリにそのつもりはまったくない。だが、この話題を終わらせるために、一旦可能性を認める。

「わかった、わかった。今のところは誰とも交際するつもりはない。これで納得したか」

そう言えば、満足げな笑みが返ってきたけれど、重要なのはここからだ。

「残念だがベルカントと交際することは絶対にない。これは決まっていることだ」

「なぜだ。俺がメサティアの人間だからか」

身を乗り出すベルカントに、ハイリはあくまで冷静に言う。

「私は、アルファ性とは絶対に関係を持たないと決めている。そして、国の命運を背負う王族とも」

もし恋愛をする場合には、確実に避ける二つの条件だ。これはベルカントに好意を寄せられたから後づけで考えた言い訳ではない。己のベータ性と、君主に仕える重臣としての経験から導き出した、必須《ひっす》条件なのだ。

「俺は――」

「メサティアの王が世襲でないことは重々承知だ。しかし、君の資質をメサティアの人々は放っておかないだろう」

ベルカントが王位継承者に決定していないことは理解している。だが、たった一人だけ国を代表する者を遣わせるのに選ばれたのだから、本人がどう思おうとベルカントは継承の射程圏内にいる。

それよりも重大な事実は、ベルカントがアルファ性だということだ。

「私がもし誰かと愛し合うなら、私と同じベータ性に限る。これは本能的な問題だ」

アルファはオメガと番《つが》う。発情期があるオメガが、アルファと番うことで安定するという印象が先行しがちだが、これはアルファも同じか、むしろそれ以上だとハイリは考えている。アルファの番に対する執着は、オメガのそれを上回る凄烈《せいれつ》さがあって、その執着は歴史上何度も国の形を変えている。

番のあいだに生まれる本能的執着を前に、ベータ性はなす術《すべ》もないのだ。

「自分では変えられない性のことで君を傷つけたなら、申し訳なく思うよ」

本心から詫びれば、さすがのベルカントも言葉に詰まっていた。


宮殿を出て裏手にまわると、帝国軍の訓練場がある。今日は皇帝エフタンが見学するため、入念な準備の後、帝都の全兵が集まった。

天幕が張られた観覧席には、中央にエフタンの椅子が置かれ、隣に皇后ジュラの席が用意されている。パシャは皇帝の斜め前に用意された席に着くのが慣例だ。万一危険を察したら、皇帝を庇《かば》うために命を落とす覚悟で戦うべきだからである。

エフタンのために命を賭《と》すのは厭《いと》わない。十年前、誰よりも忠義を尽くすと誓ったからだ。

「メサティアの戦士がどんな男か、楽しみだな」

　ことさら上機嫌なエフタンは、隣に座るジュラに笑いかける。宝石飾りがついた絹の帽子と、上品なベルベット地を毛皮で縁取ったカフタンを小柄な身に纏ったジュラは、久しぶりに公の場に現れて気負っているのか、やや硬い笑顔で応えた。

　アーモンド形の目元が愛らしさを感じさせるジュラは、外見の印象どおり穏やかで優しい性格をしている。隣国の王子として生まれた、恵まれた生い立ちにもかかわらず、決して驕《おご》ることはない。控えめなのは学生のころからだが、公の場にあまり姿を現さず、出てきても慎ましく振る舞うのは、帝国史上初のオメガ性、しかも男性の皇后であることが影響している。

「ハイリは、訓練を覗くくらいはしたのか」

　エフタンの声に振り向くと、一緒にこっちを見ていたジュラと一瞬目が合った。

「いいえ。日中は陛下の目の届くところにおりますので」

　日中はほぼずっと一緒にいる。公私ともに最側近であるハイリは、エフタンが「おい」と声をかけて聞こえない距離にいることがまずない。事実なので言っただけなのに、ジュラが瞳を揺らしたのがエフタンのむこうに見えて、歯がゆい気分になった。

「どうにかして抜け駆けしているかと期待していたんだがな」

ジュラの一瞬の表情に気づいていなかったエフタンは、演習が楽しみで仕方がないようで、不可能を期待していたと言いだした。

「期待していただく前に、まず抜け駆けする暇をいただきたかったですね」

「ははっ。揶揄ったつもりが恨み言を返されてしまった」

助けてくれ、と、ふざけるエフタンを、ジュラは楽しみをとっておけたのだからいいではないかと宥める。何気ない夫婦の会話とやらが始まってほっとしたけれど、意図したわけではまったくないのに、エフタンと常に一緒だと当てつけのような台詞《せりふ》を言ってしまったことが、ハイリの中にひっかかりを作ってしまう。

オラハド王国の第一王子ジュラが十六歳で留学にきたとき、エフタンとハイリと三人で仲良くなった。もっとも、ハイリはこの当時、エフタン付きの近衛兵だったため、周囲から受ける扱いは当然違って、そのせいでジュラはハイリに負い目を感じていた節があった。だがハイリ自身は達観していて、エフタンが望むとおり、ジュラを色々な場所へと連れだした。そのうち、エフタンとジュラのあいだに特別な感情が芽生え、それには三人ともが気づいていた。しかし、皇子と王子のあいだにどんな感情が生まれても、友情以上になれはしない。それもまた、三人ともが理解していた。

二年の留学が残りあと一月になったころ、ジュラが初めての発情期を迎えた。遠縁の親《しん》戚《せき》までたどってもオメガ性がいないジュラは、自身がオメガである可能性を考えておらず、とても無防備だった。エフタンの前で突然発情するという最悪のかたちでオメガ性の発現を知ることになったジュラは、劣等性のオメガだと周知されただけでなく、発情によって皇子エフタンを惑わしたとされ、追い立てられるように帝国を去っていった。ジュラの出身国オラハドは帝国に比べると随分小さい。そんな国のオメガ王子が帝国の皇子を惑わしただなんて、噂が立つだけでも最悪だ。

もし突発的に番になってしまっていたら。想像するだけでも背筋が冷える。皇子のエフタンが男性オメガと番っていたら、おそらく譲位されず、代わりに譲位される異母弟によって処刑されていただろう。アルスマン帝国では代々、新しい皇帝が即位した際、代替である兄弟たちは処刑されている。無駄な権力争いで帝政を疲弊させないための、悪名高い慣習、新皇帝の兄弟殺しだ。

しかし、最悪の事態は免れた。ジュラが突然発情したとき、ベータ性のハイリがそこにいたからだ。発情に感化され我を忘れたエフタンを、ハイリは身を挺《てい》して止めた。自我を失ったエフタンを止めるには、体当たりするように胸に飛び込み、大岩を動かすがごとくエフタンの身体を押し続けるしかなかった。そのときのエフタンにとってハイリは邪魔以外の何者でもなかったから、髪は抜けるくらい引っ張られ、腕を痕《あと》がつくほどきつく摑《つか》まれ、顔もはたかれた。それでもハイリは命を賭す勢いで必死に止めた。このときは、皇子がオメガと番ってしまった場合の顚末《てんまつ》など想像もできていなかった。ただ、発情にあてられて襲ってしまえば、二人はもう純粋な愛情を育み、想い合うことができなくなると思った。

最悪の事態は免れたものの、ジュラは二度と帝国の土は踏めないと思いながら母国に帰っていったことだろう。文通すらできなくなって、しかし皇子のエフタンにはその状況を変える力はなかった。そのときのエフタンの落ち込みようは、見ているハイリまで辛《つら》くさせるほどだった。

それから数か月も経たないうちにエフタンの父、先代皇帝の体調が急激に悪化した。譲位されたエフタンは皇帝となり、異国のオメガ王子との恋を成就させ、番になることは完全に諦《あきら》めねばならなくなった。エフタンの子をもうけるのは、ハレムの女性である。劣等性のオメガ、しかも男性のジュラがエフタンの番になることなど絶対にあり得ない。はずだった。

「では、射撃からご覧ください」

銃と的、銃兵が揃《そろ》ったことを知らせにきた大将に、エフタンはつまらなそうな顔をする。

「なんだ、メサティアの戦士が得意なのは銃ではなくて弓矢のはずだろう」

「のちほど騎射もご覧いただけます。まずは、改良された銃と兵の訓練の成果をぜひ陛下にお見せしたいと存じます」

大将からすれば、異国からの訪問者ばかりを目立たせるわけにもいかない。兵の面子《メンツ》のためにも、ベルカントの出番を遅らせるのはむしろ妥当だろう。

「わかった。始めてくれ」

整列した兵に向かってエフタンが手を挙げたのを合図に、演習が始まった。すぐさま、最新式の銃の発砲音が響き渡る。演習の見せどころは、銃を持った兵たちがどれほど素早く入れ替わり、弾丸を的に命中させるかである。銃は一発ずつしか装塡《そうてん》できず、連続で発砲すると著しく温度が上がり、構えるのも不可能になる。それゆえ、戦場では交換できる銃の数が多い軍勢が勝利するとされている。訓練の成果は確かで、銃兵の動きは俊敏で命中率も高い。エフタンも、後ろに並ぶ重臣もおおむね満足げだったが、統一規格の銃に面白みがないこともあって、ベルカントの登場に期待を寄せているのは明らかだった。その空気を察して、大将が新しい的を並べるよう指示を出すと、エフタンがついに身を乗り出した。

「やっと弓矢が出てくるか」

待機していた弓兵が並んで演習場の中ほどへと進む。最後尾にはベルカントの姿もあった。

「お、あれだな。歓声が上がっているではないか」

整列している他の兵たちが、ベルカントの活躍に期待して、声援を送っている。ベルカントも調子がいいもので、両手を振って応えている。

「面白い奴だ」

闘技場で観戦しているわけでもあるまいし、歓声が上がる演習なんて初めてだ。エフタンはすっかり気を緩めて、もはや見世物を前にした観客のようだ。

ハイリはというと、面白みを感じないどころか、早く帰りたい気分だった。昨夜思わぬかたちで好意を伝えられ、完全に拒絶してしまったから、それなりの罪悪感は覚えている。ベルカントの気持ちに気づかなかったとはいえ、私室の居間に通したり、食事の同席を許したりして、勘違いさせたかもしれないと考えていた。

「ハイリ、彼が手を振っていますよ」

楽しげな声に振り返ると、ジュラは思わず、といった様子で手を振り返している。慌ててベルカントを見ると、こちらに向かって大手を振っていた。

「素っ気ないぞハイリ、手を振って返してやれ」

完全に面白がっているエフタンの命には背いてやった。幼なじみのハイリだから許される反抗なのだが、手を振って返さないことで、余計に茶化されそうな気がして落ち着かなくなる。

早く帰りたい。袖にした罪悪感などどこかに吹き飛んで、その代わりに、これ以上ベルカントが自分に向けて何もしないことをひたすら祈った。

「礼！」

観覧席の砕けた空気はさておき、敬礼した弓兵たちは一斉に弓を構えた。全員アルスマン式の弓を使っているが、ベルカントだけは彼の自前の長弓を構える。

弓兵長の号令で、兵が矢を引いた。全員がじっくり的を狙うなか、ベルカントだけはすぐさま撃ってしまう。

「おおっ」

エフタンが思わず声を上げるほど正確に、一矢目が的の中心を捉えた。強靭な肉体は堅い弦を弾いても微動だにせず、普段の明朗さからは想像しがたい集中力を発揮して、完璧《かんぺき》に的を射ていた。

「もう二矢目を構えているぞ」

他の兵がやっと一矢目を的に当てたとき、ベルカントはすでに二矢目を構え、狙いを定めていた。そして、地面に根を張っているかのごとく安定した姿勢で、さっきの矢を打ち砕くほど正確に、次の矢も的に当ててしまう。

「すごい……」

思わず呟いてしまうほど、見事な弓術だ。感嘆の声が四方から上がるなか、ベルカントは準備されている矢を次々と放ち、的の中心に矢じりが重なるように打ち込んでいく。矢継ぎ早とはまさにこのことだ。銃と違って、弓は体力を消耗する。しかしベルカントの逞しい腕は、どれほど強く弦を引こうと、風が吹こうともびくともしない。次々と矢を放つ様は圧巻で、たった一日で宮殿中に噂が飛び交った実力を見せつけられる心地だった。

「まるであの長弓はどれだけ撃っても疲れないようだ。一体どうなっているんだ」

いつになく興奮したエフタンの隣で、ジュラも手を叩《たた》いている。

驚異的な腕を発揮するベルカントに、エフタンもジュラも、ハイリでさえも夢中になっていた。最後の一矢が密集した矢じりの真ん中を捉え、耐えきれなくなった的がばらばらに割れた瞬間、演習場を囲む大勢の兵から大歓声が上がった。演習中にそもそも必要のない声援が聞こえるのが異常なのに、重臣ですら拍手をする始末。難なく的を粉々にしたベルカントは、弾ける笑顔で皆に手を振っていた。

短い休憩を挟み、騎射が始まればもうベルカントの独壇場だ。馬上から矢を射る騎射は、言うまでもなく高度な技術が求められる。観衆がいれば人だけでなく馬も落ち着きをなくすことがあり、操りづらくなるのは必須だ。しかし、ベルカントは、前評判を裏切らない手綱さばきと弓射の正確さで、場内に置かれたいくつもの的を次々と撃ち抜いていく。

二十以上置かれた的の半分の中心を射抜いたころ、何を思ったかベルカントは鐙《あぶみ》から両足を外した。そして馬を走らせたまま鞍《くら》に横座りになったと思えば、そのまま仰向けに背を倒し、腰で身体を支えた状態で矢を放った。

「なんだあれは！」

エフタンが声を上げた瞬間、ベルカントが狙った木製の的が勢いよく割れた。馬上で横になった姿勢から矢を射って、的を割破してしまったのだ。

「「うおーっ！」」

場内に大喝采《かっさい》が響く。それでも足りないとばかりに、ベルカントはなんと鞍の上で立ち上がり、二本の矢を一気に引いた。

走り続ける不安定な馬の背に仁王立ちになったベルカントが、沸き立つ演習場の中心で数拍、極限まで集中を高める。何が起ころうとしているのか。歓声が止《や》み、全員が息を呑んだ瞬間、放たれた二本の矢が、二枚の的を撃ち抜いた。

わぁっと割れんばかりの歓声が上がる。唖然《あぜん》とするハイリの背後で、エフタンは跳び上がる勢いで立ち上がった。

「超人技としか言いようがないぞ」

力いっぱい拍手をするエフタンは、初めて曲芸を見た子供のようだった。ジュラも立ち上がり、拍手を送っている。手放しに楽しんでいる二人を見られたのはよかったが、盛り上がり方がもはや演習ではなくなっていて、ハイリと、演習を取り仕切っている大将だけは落ち着かない心地だった。

そんなことは気にも留めていないだろうベルカントは、片脚を上げてもう片方の脚でしゃがんだり、片足だけ鐙にかけて身体を横に乗り出したりして矢を射っていた。騎射というより超人技の曲芸で、でたらめな夢でも見ている気分にさせられる。口を閉じているのが難しいくらい何度も唖然とさせられて、やっとベルカントが矢を放ち切ったころには、座って見ていただけなのに疲れていた。

「おそれいったぞ、メサティアの戦士よ」

自ら観覧席を下りていったエフタンは、演習場の中央付近で観衆と化した兵たちに手を振るベルカントを手招きする。

目の前まで来たベルカントが馬を降りた直後、エフタンが両腕を広げた。

「素晴らしい技だった、ベルカント。これほど驚かされた演習は初めてだ」

腕を広げて名を呼んだエフタンは、自信に満ちた笑顔を浮かべるベルカントを抱擁する。

そして、抱擁に応えるベルカントの背中を二度叩いた。

皇帝が抱擁し背中を叩くのは、最上級の称賛だ。無防備な姿勢になるため、極めて稀な場合にしか皇帝は人前で抱擁などしない。自軍の兵の前とはいえ、集団に囲まれた状況で抱擁するとは、心底感心したということ。

「さすが、強さに自信があると言いきるだけある」

謁見時、ベルカントは自身の屈強さに絶対の自信を見せていた。挑発的にすら感じられた台詞はしかし、実力に裏づけされたものだった。

「俺の弟たちもいつかはこれくらい動けるようになる」

そう言いきったベルカントは、メサティアの力を強調しようとしているわけでも牽制しているわけでもない。ただ、兄弟を誇りに思っていると、正直に言っただけだ。

「そうか。素晴らしい限りだ」

どんな教育を施せば、兄弟揃って超人的な技が身につくのかハイリには想像もできない。エフタンも同じだろうけれど、今は目の前の天才を惜しみなく讃《たた》えていた。

「皇帝陛下。お願いがあります」

突然敬語を話しだしたベルカントは、このときを待っていたとばかりにエフタンの両目をまっすぐに見る。

「俺にこの国で暮らせる階級をください。役目は必ず果たします」

まさかの要望に、ハイリは開いた口が塞《ふさ》がらないという経験を初めて味わった。それも、顎が外れそうなほど。

大胆にも直接階級を要求してきたベルカントに、一瞬驚いていたエフタンだったが、声を上げて笑うと、稀代《きだい》の戦士の広い肩をぽんぽんと叩いてから頷く。

「ははっ。いいだろう。好きなだけ宮殿に居るといいぞ、少佐」

少佐と呼ばれたベルカントは、その階級の威力をあまりわかっていない様子だったが、満足げに笑っていた。観客と化した兵たちも、拍手と歓声を送っている。

場内の盛り上がりとは裏腹に、ハイリの胸中は複雑だった。

ベルカントが帝都に残りたがっていたのは、自分と恋仲になるためだったはず。しかしその可能性は皆無だと伝えた。それなのになぜ、帝国に留まるための階級をエフタンに要望したのか。

まったく理解できない。否、片恋だなんだというのは嘘で、密偵の任でも負っているのだろうか。そう考えてみるものの、対外活動に消極的で、苦肉の策として帝国と同盟を結んだメサティアに、帝国の機密情報を探る動機があるようには思えない。

まだ諦めていないということか。年上で、ベータ性で、とっつきにくいと評判のハイリに、ベルカントは言い寄り続けるつもりなのだろうか。

考えるだけで頭痛がする。そもそも、男としての魅力があれほど揃っているのに、なぜ自分なんかに執着するのかわからない。一目惚れだなんて言っていたが、趣味が悪いにもほどがある。アルファ性に生まれたのなら、番うべきオメガを探し出し、本能から対となって一生添い遂げればいいではないか。

「あの、ハイリ」

遠慮がちな声に振り返れば、エフタンの番のジュラと視線が合う。

「あの少佐になった人と、子供たちが会いたがっているんだ。一緒に食事ができるように誘ってくれないか。ハイリ、仲が良いんだろう?」

愛《いと》しい番とのあいだに授かった子たちが、大切でたまらない。そんな声が聞こえてきそうなジュラの笑顔に、やはりアルファにはオメガしかいないのだと実感する。

「仲良くなんてない」

「えっ」

「ああ、いいえ。親しくなどないですよ。食事なら、陛下が誘われれば少佐は喜んで参じましょう」

ベルカントを気に入っているのはエフタンだ。本来なら不相応な階級をベルカントに与えたのもエフタンなのだから、好きなだけ呼びつければいい。準備が必要な演習の見学とは違って、食事だ喫茶だなんて個人的な用には、ハイリの出番はなくてよいはずなのだ。

「でも、子供たちはハイリにも会いたがっているし、少佐も一人で呼ばれたら気を遣うと思うから」

気を遣うような男なら今ごろ少佐だなんて呼ばれていない。喉まで出かかった言葉を飲み込むのに苦戦していると、気づまりに感じたらしいジュラが俯《うつむ》いた。

留学生だったころも、ジュラは幼なじみのハイリとエフタンのあいだに割って入ったように感じて、遠慮しているところがあった。皇后になってからは、もっとひどくなった。ハイリの一番大切な友を奪った罪悪感だろう。

そんなジュラに、苛立ってしまうことがある。堂々としていればいいのに。エフタンが、自身と帝国の未来を賭《か》けた、唯一無二の番なのだから。

「折を見て陛下に相談してみます」

微笑んでみせると、途端にジュラはほっとした顔をする。

「ありがとう」

可愛《かわい》い子供たちのために、言ってみてよかった。そんな安堵《あんど》の笑みは温かくて、眩《まぶ》しかった。


「少佐ならハイリと気兼ねなく話せるか」

夕方、上機嫌で執務室にやってきたベルカントに、ハイリはわかりやすく溜め息をついた。

「上級士官でも用件がなければ話しかけてこないものだがね」

少佐は帝国内でも五十人に満たない上等な士官だ。大隊長でも階級は良くて大尉。階級には部隊を持つかどうかは関係なく、戦略を研究する歴史学者などもいる。必要なのは功績か、皇帝を納得させる特別な能力で、エフタンが取り上げない限りベルカントの地位は揺るがない。

「昨日の会話は、忘れたわけではないだろう」

自分たちのあいだに、関係などできはしない。たとえベルカントが生涯を帝国で終えようと。譲らない視線を向ければ、ベルカントは真面目《まじめ》な顔で答える。

「真剣に考えた。解決策も」

「解決策？」

もとより恋愛に興味がないハイリが、その重い腰を上げる絶対条件がベータ性だ。解決など不可能なのに、策も何もあるものか。訝《いぶか》しむハイリをよそに、ベルカントは被せるように言う。

「それより、演習の感想を聞かせてくれ」

袖にされた事実を真剣に受け止めた様子は、皆無だ。この特別に不思議な男は、歓声が上がった超人技をハイリがどう感じたか知りたくて、うずうずしている。

「驚かされたよ。あんな騎射、見たことがない」

こうなったら満腹になるまできっとベルカントは部屋を出ていかない。諦めて簡潔な感想を言えば、机に両手をついたベルカントは、身を乗り出すようにしてハイリの顔を覗く。

「馬上に立つのは、ハイリに見せるまで取っておいたんだ」

特別な技を特別なひとに見せたかったと、歯の浮くようなことまで言われ、呆れればいいのか嘆けばいいのかもうわからない。

昨日完全に袖にしたはずだ。言ってしまいたいけれど、これほど話が通じなければ、指摘するだけ自分が嫌な奴になってしまう気もして釈然としない。解決策とやらにそこまで期待しているということだろうか。だが、どう足掻《あが》こうとアルファは死ぬまでアルファだ。

「騎射は騎射でもあれでは高度な曲芸だ。帝国中の軽業師を廃業に追い込む気か」

素晴らしい腕前は認める。ただ戦う技というよりは、とても派手な宴の余興のようではあった。

「曲芸と言われたらそうかもしれないな。親父も俺が練習しているのを渋い顔をして眺めていた」

「弟君もそのうち履修されるようなことを陛下に言っていただろう」

「やりたがっている弟には教えるさ」

「弟君たちは、ベルカントの帰りを楽しみに待っているのではないか」

一番下の弟は十歳を過ぎたばかりのはず。やんちゃな年ごろの弟の顔が脳裏に浮かんだのか、凛々しい目元が細められたのを、ハイリは見逃さなかった。

「陛下が階級を付与され、宮殿住まいを許可されたのだから私が止めることはできない。ただ、本当に私とどうこうなることが目的なら、時間を無駄にせず家族のもとへ帰ったほうがいい」

「弟たちは、俺がいようといなかろうと、それぞれが一人で強く生きていくための力を身につけていく。帝国から食糧が届いて、飢える心配がなくなっても、山は一歩間違えば明日はない場所だ。俺がいなくて困っているようではだめだ」

メサティアの厳しい自然環境を生きる宿命に例外などない。可愛い弟たちのことも、そう言いきってしまうベルカントは、骨の髄から頑強な男なのだと思い知らされる。しかし、隠れた牙《きば》が見えるような酷《きび》しい表情も一瞬だけで、すぐにいつもの明朗さが戻ってくる。

「仕事はまだ終わらないのか？　さすがに今日は腹が減ってたまらないんだ」

空腹を訴えるベルカントと、このまま問答したところで結果は目に見えている。さっさと食べて寝て、早起きしたほうが効率はいい。

決めてしまったあとは早かった。

腹にたまる料理と、菓子も多めに運んできてもらい、演習の成果を労《ねぎら》うと、ベルカントは嬉しそうに食事を口に運んだ。本当に腹が減ってたまらなかったのだろう。今夜はことさらおいしそうに料理を頬張っていた。

「ハイリは、アルファ性と恋愛しないのだろう。それなら、俺が去勢したらどうだろう」

「……は？」

ひと段落してお茶を口に運ぼうとしていたハイリは、あまりの突拍子のなさに茶器を落としそうになった。

「宦官の話を聞いて思いついた。去勢すれば、アルファ性ではなくなるらしい。まぁ、男としても足りなくなるが」

「何を言っているのだ」

馬鹿なのか。声に出さなかった自分を褒めたいくらい、愕然《がくぜん》とした。

「私なんかのために去勢だと？　とても正気の沙汰《さた》とは思えない」

「なんかって、なんだ。それに、俺は正気だ」

真剣な眼差しを向けられるも、断じて受け入れられはしなかった。

「一国の王の子に生まれた、資質にも恵まれたアルファだぞ。その優秀な血を残さないなど、人の世に対する冒瀆《ぼうとく》だ」

言ってから、子をもつかどうかに他人が口を挟むべきではないことを思い出した。しかしもう手遅れで、ベルカントはややムキになってハイリの左手を摑んだ。

「俺は世界を敵に回したってハイリを諦めない」

端然とした眼差しは、あの勝利の日、迷いなくオラハドの王都のほうを向き、ジュラと番うことを確信していたエフタンを思い起こさせる。魂が求める番と結ばれるため、四百年の帝国の威信と自らの名誉と命を懸けた、若い皇帝の横顔を。

即位したばかりのエフタンのもとに、オラハドが、隣国ガラチから侵攻を受けたと知らせが入った。ジュラが逃げるようにして帝国を去って、オラハドは孤立無援状態にあると評価されたためだった。実際に、エフタンは援軍派兵を唱えたが、重臣全員から反対されて、一度は傍観に徹することが決まっていた。

しかしエフタンは、ジュラを救いたい一心で、ハイリに策を練るよう懇願した。オラハド王国を守るための奇策を。

近衛兵だったハイリに助けを求めるほど追い詰められていたエフタンを見て、ハイリは誰よりもエフタンに忠実であると心に誓った。エフタンがどれほどジュラを想い、本能から求めているか知っていたから、自分だけは絶対に、何があろうともエフタンの最大の理解者で、味方であると決意したのだ。

だからハイリは、必死で考えた。ガラチのオラハド侵略を止める方法を。書庫に丸二日詰めて、行きついた答えが帝国によるガラチの攻略だった。オラハドとガラチの攻防を傍観していると見せかけ、帝国単体でガラチの王都を攻略する。ガラチは、先の二代の皇帝が争いに負けて失った領土だ。奪還により、新時代の幕開けを世界に知らしめる。重臣を説得するために大義名分を考え、さらなる説得材料として、必勝の作戦を立てた。その中で、実戦で最も威力を発揮したのが矢の雨作戦だ。銃火器の数で敵を圧倒し攻略する時代に、あえて弓兵を揃えて雨のごとく矢を放つ。ガラチの王都付近が渓谷状であるのを利用し、銃兵を並べて誘い出したガラチ兵を高所から矢で討ち取る策だ。弓なんて古代兵器だと鼻で笑う重臣もいた。だが、音もなく谷間を落ちていく矢はガラチ兵を一網打尽にした。

帝国の新皇帝は、この勝利によって英雄となった。凄惨《せいさん》な戦場にガラチの白旗が舞ったとき、皇帝万歳の声が上がった。生き延びた帝国兵が、歓声とも奇声ともつかない大声を上げる異様な空気の真ん中で、新時代の皇帝は、オラハドのほうを向いて、番になるべきオメガの名を呼んでいた。

恐ろしいくらい強固な絆《きずな》を目の当たりにして、ほんの少しも羨《うらや》む気持ちがなかったといえば嘘になる。でもそれ以上に深く刻まれたのは、番とは、アルファとオメガのあいだにしか生まれない絆だという事実だ。

「番うべきオメガに出逢っていないだけだ、ベルカント。冷静になれ。それから、理解に努めてくれ、頼むから」

左手をゆるゆると動かして手を離すように促してみるも、離されるどころかより強く握られた。

「理解に努めているさ。ハイリのことをもっと知るために」

真摯《しんし》な声音と視線は、頑《かたく》なな心に訴えかけるようだ。うっかり心を開く者も少なくないだろう。ベルカントはきっと、気づかぬうちにこうして自らの資質や魅力を使いこなしてきた。そして、この無自覚な傍若無人さこそ、紛れもないアルファ性だ。

「だからアルファは苦手なのだ」


「広い川だな、ハイリ。あのうまい魚はここからくるのか？」

城壁の上、活発な交易水路である宮殿横の川を眺めるベルカントは、気温が上がらない日中、見張り台の良すぎる風通しをもろともせず、上着の前を開いたままロクムという甘い菓子を口に頬張った。

「いや、魚介類は主に内海から運ばれてくる。宮殿横を流れるこの川は二つの内海を繫いでいるから、ベルカントが気に入った魚も川を通って新鮮なうちに届けられるというわけだ」

のんびりした口調で答えてやると、ベルカントは上機嫌で持っている菓子をハイリの口に入れようとする。

「この菓子は柔らかくて口の中で溶けるのがうまい。ハイリも好きか？」

「ああ。蜂蜜《はちみつ》と果汁を濃く煮詰めたものを、小麦粉を使って固めている。甘くておいしい伝統的なお菓子だよ」

ロクムは好きなので口を開いてみせると、ベルカントは嬉しそうに一切れ入れた。

昨日もあれだけ言ったのに、結局ベルカントは何一つ気にしていなかった。今日も、正式に少佐の階級を受け取るため、エフタンに呼ばれて謁見にきたところで、日中もたまにはハイリと過ごしたいと名指しで要望していた。そのせいでハイリはベルカントをもてなすよう命じられて、謁見終了後からこうして、一度壁上に立ってみたいという望みを叶《かな》える羽目になった。

もはや驚くこともなく、ハイリはむしろ対策を講じるつもりでいる。断ってもこたえないなら飽きさせればいい。押してだめなら引くのみだ。

「頬が赤くなっている。今日は風が強いから、冷えてしまったか」

毛皮の襟がついた上着の前をきっちり閉じていても、寒さに負けはじめているハイリに気づき、ベルカントは心配そうに顔を覗いてくる。

「あまり体力がないから、少し外に出るだけでこの様《ざま》だ」

自分に幻想を抱いているベルカントには、事実を伝えるのが最適だ。好意を抱かれたきっかけは矢の雨の評判に違いないはずだから、尾ひれがついて一人歩きしている武勇伝をぶち壊してしまえばよいと考えた。

「見てのとおり、貧弱なのだよ。子供のころからよくしてくださった陛下に報いるため、成人する十六の歳で親衛隊に入ろうとしたときも、結果は振るわなかった。剣も弓も銃もからっきしで、陛下のご威光にあずかっても近衛隊に入るのが精一杯だった」

親衛隊は帝国軍のなかで最も皇帝に忠誠を誓う専業兵士の部隊だ。帝都に駐屯する実力派が揃った部隊なのだが、入隊できたものの、配属されたのは、陰では人形部隊と呼ばれている近衛隊だった。その異名のとおり人形のように見てくれが重視される部隊は、皇帝や重臣が宮殿外に出向く際、周囲を固めて民衆の関心を集めるのが役目である。重宝される外見も、威圧感を与えない体格と親しみやすい美形な面立ちのため、近衛隊は決して兵として誇れるものではない。

「今も、身の丈にそぐわない立場のせいで毎日必死だ。肩身が狭くて疲れる。いっそのこと隠居してしまいたいよ」

苦い笑みを浮かべたハイリに、ベルカントは穏やかに笑いかける。

「隠居するならどんな場所がいいんだ」

「そうだな。どこか、静かなところがいい」

「山は静かだ。隠居にちょうどいい場所かもしれないぞ」

「ここでちょっと風に当たっただけで冷えてしまう人間が、山で生きられるはずがないだろう」

「麓《ふもと》はそれほど寒くないさ。麓で冬を越して、春になれば少し登って。夏は万年雪がきれいに見えるところまで緑が広がるから、上まで登って牛の乳を飲んで、昼寝をする」

生まれ育った山がそこにあるかのように遠くを見つめ、手を伸ばしてその情景を伝えるベルカントは生き生きとして、ハイリの想像をかき立てる。

帝都を出たのは、十年前の出征のときだけだ。広大な帝国をまとめる立場にいるのに、その帝国をろくに旅したことがない。万年雪なんて、見たことがない。

山はどんなところなのだろうか。絵画で見た山麓《さんろく》が頭に浮かんだ瞬間、行ってみたいと思ってしまった。

「ハイリにメサティアを見せたい。きっと気に入る」

望むなら今すぐにでも連れていく。そんなことを言いだしそうな笑顔で見つめられ、忙しなく瞬きをするくらいしかできなくなった。

「山登りなんてできない」

目を伏せたハイリは、そのまま後ろを向く。

「そろそろ下りよう。これ以上執務を放っておくわけにもいかない」

階段に入ると、ベルカントは素直についてきた。

幻滅させるつもりだったのに、なぜ山に一緒に行くような話になってしまったのか。思慕に足る魅力など自分にはないと、なぜ伝わらない。

「旅をしたがっている兵なんて探せばすぐに見つかるだろうから、一緒に行けばいい。その者の休暇と旅費は私が用意しよう。そのほうが、よっぽど有意義なはずだ。私なんかと旅するよりも」

「ハイリ」

ハイリの横をすり抜け、五段とばして踊り場に飛び降りたベルカントは、立ち止まったハイリを見上げる。

「なぜハイリは、自分なんか、と卑下するんだ」

じっと両目を見据えられ、言葉に詰まった。卑下したのではなく事実を話しただけなのに、ベルカントは自虐と捉えて憤っている。

「会話しなくたって旅は楽しめるし、山は遠くから眺めるだけでもきれいだ。登らなければいけないものでもない。なにより、パシャの役目は、幼なじみというだけで本物の役立たずに任せられるものではないだろう。それとも、そんなことがわからない間抜けな皇帝なのか」

「滅多なことを言うな」

「ハイリがそう言っているようなものではないか」

皇帝に対する侮言は最悪縛り首の刑だ。言葉尻を捕らえるにしても質《たち》が悪い。踊り場に面した物置部屋の扉を開けたハイリは、ベルカントの腕を摑み自分ごと物置部屋に押し込んだ。

「十年前の、矢の雨を含むガラチ攻略戦は、陛下にとって何よりも重要な戦いだった。たとえ私のような者に身の丈以上の位を与えて非難される結果を招いても、取るに足らないとお考えになるほど、勝利は価値あるものだったのだ」

「番になれるはずもなかった王子を娶《めと》ったからか」

高官のあいだでだけ知られているガラチ攻略戦の真実を、いつどこで耳にしたのか。同盟国オラハドの防衛とガラチ攻略の大義名分はあくまで、先代皇帝が失った領土を奪い返し、雪辱を果たすことだった。だが傍観論を覆すに至ったのは、エフタンのジュラに対する異常なほどの執着だ。

「知っていたのか。ならば、おおかた想像はつくだろう。今度こそ理解に努めてくれ」

ガラチ攻略は帝国を活気づける起爆剤となった。勢いづいた帝国ではオラハド征服論まで持ちあがったが、エフタンは同盟継続を選んだ。民衆を納得させるため、同盟継続はそれまでの友好関係を加味した恩情による決断であると、エフタンの慈悲深さを強調する情報を流した。民衆はよりエフタンに傾倒したが、オラハドに対する優位感は強まり、帝国の無言の圧力が高まったような印象を与えることになった。結果、オラハド王家は恩情に報いるため、奉公人という人質を差し出した。その人質が、第一王子のジュラだった。

これはただの偶然ではない。ハイリの練った策だった。ガラチとオラハドの攻防に援軍を送るだけでは、たとえ防衛に成功しても、オメガ性とはいえ第一王子のジュラが帝国に引き渡されることはなかった。しかし、ガラチの陥落を目の当たりにして、帝国の脅威を感じれば、オラハド王家は自発的に人質を差し出すはず。歴史上、帝国はしばしば近隣諸国を攻めない代わりに王族を人質にとってきた。オラハド王家もそうすると睨《にら》んだ結果、ジュラが差し出された。王子としてのジュラの名誉は散々かもしれない。が、オラハド王家をその身を挺して守ることに変わりはなく、皇帝エフタンの番となって、帝国で確固たる地位を手に入れたのは事実だ。

ガラチ攻略が失敗に終わっていたら、エフタンは厳しく糾弾されていただろう。若い新皇帝が即位直後に敗戦したとなれば、今ごろは国境で接する多数の国から一斉に領土をむしり取られていたかもしれない。それでもエフタンが四百年の帝国の歴史と皇帝の立場と命を懸けたのは、番うべき運命の相手がいたからだ。

アルファを本能の求める番からは引き離せない。なのに、アルファであるベルカントは首を傾《かし》げる。

「皇帝は、番だから皇后を大事にするというわけではないだろう」

エフタンとジュラのあいだには、心からの愛情があるはず。自身がオメガに出逢っていないせいか、ベルカントは番の絆に猜疑《さいぎ》的だ。

確かに、ジュラのオメガ性が発現する以前も、エフタンはジュラに対し恋慕を寄せていた。ただ、それがアルファとオメガが惹き合うせいだったのかどうかは、ベータのハイリには一生わからない。

「陛下は思慮深いお方だ」

エフタンが愛情をもってジュラを慈しんでいるのも確かなのでそう言ったものの、ハイリは帝国の前途を賭すほど恋愛感情に威力があるとは考えられない。

「陛下はご家族を真摯に愛していらっしゃる。結束を守るためなら世界を制することも辞さないほどに」

番のジュラと二人の子供たちに危険が及ぶとなれば、エフタンは世界を滅ぼしてでも家族を守り抜く選択をするだろう。世界征服なんて不可能だ。歴史上のどんな大帝国も世界を制する野望は叶えられず、必ず衰退している。しかし、その不可能に命を懸けるのが、運命の番との絆なのだ。

証明のしようもないから、不毛な会話だ。物置部屋を出ようとすると、ベルカントに出入り口を塞がれた。

「俺だって世界を敵に回してもハイリが好きだ」

ベータ相手に本能的繋がりを感じているとでも言うつもりだろうか。訊いたところで答えは想像がつくから、ベルカントを目の前の現実へと引き戻す。

「今のままでは、世界を敵に回す前に私を敵にするよ」

言いきれば、ベルカントは心外だといわんばかりの顔をする。

「なぜだ」

「執務が溜まっていくからだよ」

事実なのであくまで冷静に言って、今度こそ物置部屋を出た。

「手伝えることはあるか」

「ベルカント」

踊り場に出たところで勢いよく振り向くと、何を言われるのかうきうきした顔をされた。今までとは違った手法でベルカントの自分への興味を削《そ》ぐはずだった。思い出したハイリは、にこりと笑う。

「友達を作ってきなさい。しばらく帝都にいるというならなおさら、交友関係は広めるべきだ。同年齢の友達ができれば知見も広がる。なにより、少佐という地位を得たのだから、周囲の信頼を得られるよう日頃から目を配っておくべきだろう」

とても良いことだと言って、広い肩に手まで乗せれば、ベルカントは破顔した。

「わかった」

素直な返事に微笑んで返すも、心の中ではどうせこれも聞いていないのだろうと思っていた。

しかし、ベルカントは夜になってもハイリの部屋へ来ることはなかった。その翌日もまた翌日も、世間話どころか挨拶をする距離に姿を見かけることもなかった。

夜の静けさに包まれた居間で、気に入っている飾り枕を背に脚を崩し、モザイクランプの煌《きら》めきをぼうっと眺めながら、夕食を口に運ぶ。ベルカントという嵐《あらし》のような男が宮殿に来る以前の、落ち着いた食事の時間が戻ってきてほっとする。はずなのに、なぜかすっぽかされた気分になって、そんな自分に苛立った。

まるで、何を言おうとベルカントは自分のところへ来ると、高を括《くく》っていたようではないか。自覚した途端、指先から肩まで痒《かゆ》みが走って、座り直さねば気が済まなくなった。突然背筋を伸ばし、乱れた心を誤魔化すようにエキメッキをやや乱暴にちぎったハイリに、侍従が心配そうな顔をする。挙動不審にしか見えなかったのだろう。今までのハイリには、あり得なかったことだ。物静かで、知性的な、孤高の人。それがパシャのハイリで、そう思われるように生きてきた。

人付き合いが苦手なことには、成人するころに気がついた。親衛隊に入隊して、同僚や上官ができて初めて、それまでの自分は何をするのもエフタンと一緒で、周囲に気を遣われてきたことを痛感した。近衛隊に配属されて、皇子だったエフタンの護衛を任されると、子供のころと変わらない遊び相手の距離に戻った。同年代の一般兵や士官候補にとっては気を遣う相手にしかならず、ハイリもその状況を打開できないまま今まで来てしまった。孤高だなんて格好のつくようなものではない。ベルカントには友達を作れと講釈をたれたくせに、当のハイリは友人と呼べる人がいないのだ。

白身魚の塩焼きを口に放り込む。ほどよい塩気がおいしいのに、おいしいと話しかける相手がいない。気になったことなんて一度もなかったのに。勝手にこの居間で寛いでいた傍若無人なあの男がいないのは、思いのほか寂しくて、寂しく感じる自分の人間味に少し安心して、苛ついた。


数日が経ち、ハイリがベルカントに会いにいかねばならなくなった。ベルカントのほうから現れるのを待っていたけれど、結局姿を見せなくて、探しにいかねばならなくなってしまった。

もうすぐ冬の狩猟大会が催される。宮殿からほど近い、皇帝と高官の狩猟場になっている森で、狩り納めとして毎年この時期に開かれる狩猟の腕を競う会だ。庶民も含め誰でも参加できるのだが、士官からの推薦がなければ出場できず、おのずと狩りの腕に覚えがある兵が集まっている。今年はベルカントという何かと話題の男がいるせいか、出場者の推薦が例年に比べて少ない。しかし、肝心のベルカントは、直属の上官がいないために推薦状が出されておらず、それに気づいたエフタンが、ハイリに推薦するよう命じた。

推薦状を書くだけならよかったのだが、本人の出場意思も明記しなければならない。帝都の森は管理された狩猟場だから危険な獣はいないし、獲物を増やすために、大会が近づいたころにいくらか森へ放たれていたりする。ベルカントにとってはまったく興味が湧かない狩り場だろう。エフタンの希望とはいえ、乗り気でない者を出場させるのは気が引ける。処世術の一つとして、気乗りせずとも出場するよう勧めるべきか否か、悩みながらベルカントを探した。探すのは簡単だ。本人の存在感もさることながら、すっかり有名人になっているため、少し訊けば居場所がわかる。

ここ数日、ベルカントは夕方以降、近衛隊の宿舎にいるようで、今夜もそこで見つかるだろうと、通りすがりの士官が教えてくれた。親衛隊や一般兵は宮殿の外の兵舎に集住するが、近衛隊だけは宮殿内に宿舎がある。懐かしく感じながら宿舎の玄関を潜《くぐ》った。ちょうど夕食どきに邪魔するのを少々心苦しく思いつつも、食事や休憩に使われる広間に出ると、二十人ほどの近衛兵が上半身裸のベルカントを囲んでいた。

「何をやっているのだ」

目が点になるとはこのことだ。広間の中央で、ベルカントはなぜか上着も中着もぜんぶ脱いで、弓を持つ真似《まね》をして彫刻のような格好をきめている。太い首や筋肉に覆われた丸い肩、盛り上がった胸に深く割れた腹。そして、血管が浮いて見えるくらい引き締まった太い腕は、男の身体を極めるとはどういう意味かを見せつけるようだ。広間の端には大皿に盛られた夕食が並んでいて、あとは個々の皿によそって食べるだけなのに、誰も手をつけずにきゃっきゃと声を上げて、隆々とした筋肉を見せびらかすベルカントを囲んでいる。

パシャが現れたことに気づいた近衛兵は、皆一斉に立ち上がり、頭を下げた。広間はまるで密会を暴かれたかのように静まり返る。

「ハイリ。どうしたんだ」

ここ数日この宿舎に入り浸っているらしいベルカントは、意外な客が来たとでも言いそうな表情でハイリを振り返った。

「ベルカントこそ何をやっている。服も着ずに」

武闘派揃いの精鋭部隊と体格を競い合うならまだしも、人形部隊と揶揄《やゆ》される優男集団において、上半身だけとはいえ裸で人に囲まれるなんて、民族舞踊を披露するくらいしか言い訳が思いつかない。だが、ハイリの登場に慌てて静まるまでの広間の空気は、もっと

浮ついたものだった。

「ああ、これは、どうして弓を引いてもびくともしないのだと訊かれたから、俺くらい鍛えればいいのだといって手本を見せていた」

近衛隊だって弓術の訓練はする。が、ベルカントの手本から何かを学べるような素質があれば、そもそも近衛隊に配属されていない。

「そんなものは訓練の間にしないか。そもそも、人前で服を脱ぐ必要はないだろう」

「どれくらい鍛えているのか気になると言われたからな、仕方がない」

拳《こぶし》を握り、肘《ひじ》を曲げて力こぶを作ったベルカントは、その山のように大きくて岩のように硬そうな力こぶを空いた手で撫でてみせる。

「これが、弓がぶれない秘訣《ひけつ》だ」

「わかりきったことを」

一蹴すると、俯いたままだった近衛兵たちが気まずそうにするのを感じた。

憩いの時間の、ちょっとした遊びだ。それくらい、非社交的なハイリにだってわかる。

しかしここは、近衛隊の兵舎だ。

「ともかく、不埒《ふらち》な行動は慎め」

「不埒って、男同士だぞ」

「裸を見せびらかすのに男も女もあるか」

大きな声が出ていた。仕方なさそうに服を着るベルカントに対し、近衛兵はより気まずそうにしている。

自分がいたからわかる。近衛隊には同性愛者が比較的多い。見目や所作が柔らかいゆえに、女人禁制の兵隊のあいだではちやほやされる存在のため、近衛兵になってから同性を許容するようになるのか、あるいは個々の潜在的なものかは知らない。ハイリの場合は潜在的なもので、配属されたとき、自分の中で燻《くすぶ》っていた指向がまああるものだとわかって、救われた気持ちになったのを今でも鮮明に覚えている。当時は、同年齢の男子のように、女子に興味を持たない自分が不思議で、関心を抱けないことが憎いときもあった。けれど、近衛兵舎では当然のように同性の兵が気になるという話をしている者がいて、誰だったか、ハイリもそうなのではと、平然と言い当てていた。それくらい、近衛兵のあいだで同性愛は常識的に存在するものなのだ。

ベルカントが近衛隊の環境について知っていたのかどうかはわからない。無理に脱がされたわけでもないし、むしろ、褒められておだてられて、気分は良かっただろう。ただ、向けられていた視線は戦士としての尊念だけでなかったのは、ハイリの目には明らかだった。要《い》らぬ関心の的になっていたことに、あとから気づくと不快かもしれない。そんなことまで考えて、ふと、ベルカントはわざわざ近衛兵舎を好んで選んでいた可能性に気づいた。

「ハイリは俺を探していたのか？」

メサティアの衣装を着て、襟まできちんと閉じたベルカントは、これで満足かと言わんばかりに、ハイリの目の前まで駆け寄ってきた。派手さのないメサティアの衣服は、腰の部分が細まっているので、ベルカントの長身や肩の広さは衣服の上から見てもわかる。それにしても、服の下のあの美しく逞しい筋肉は、布で隠すのが勿体ないほどだった。

他に類を見ないほど厚い胸が脳裏に浮かびかけて、誤魔化すように推薦状をベルカントの胸に叩きつけるようにして渡す。

「次週に狩猟大会がある。近くの森の、整えられた環境での狩りだからベルカントにはつまらないかもしれないが、陛下が出場を期待されている。出場には推薦者が必要だから、私が推薦に来た」

近衛兵は一斉に、ベルカントの出場は決定事項だと思い込んでいた、といった顔をする。実はハイリにとっても盲点だった。ベルカントはというと、狩猟大会の存在は知っていたようで、出場意思を今まで示していなかったことを鑑《かんが》みると、やはり興味がなかったのだろう。

しかし、ハイリが推薦状をすでに用意してきたことで、気持ちは変わってきたようだ。

「これに出ればハイリの役に立つか？」

訊かれ、一瞬答えに詰まった。役に立つかと訊かれたのはこれで二度目だ。

なぜ自分の役に立とうとするのか、前回言われたときも結局わからなかった。

「陛下がお喜びになって私が困ることはない」

事実なのでそう答えると、ベルカントは納得した様子で頷く。

「わかった。一番をとるぞ」

推薦書をざっと読んだベルカントは、出場の意思と名前を書いた。

「ハイリは、夕食はまだか？」

これから食事をしにくるなどと言いだすつもりだろうか。一週間挨拶にも姿を見せなかったくせに。

「まだだ。これから一人でゆっくり食事をする。侍従にもそう伝えてあるからお前のぶんはない」

「ここで一緒に食べればいいと思っただけだ」

そう、どこか呆気にとられたような声で言われ、むっとしてしまうのを堪《こら》えた。

「皆が気を使うだろう、馬鹿者」

小声で言って、ベルカントが名前を書き終えたばかりの書簡を取り上げるようにして持つと、踵を返して他には目もくれず兵舎を出た。

近衛兵は成人したばかりの十六歳から、三十歳くらいまでが配属される。ハイリに一目惚れをしたというのが本当なら、ベルカントの好みそうな同年代が集まっているのが近衛兵舎だ。鍛え上げた身体を見せて、あらぬ視線を受けたことを心配する必要なんてなかった。きっとベルカントにとっては好都合だったのだ。所属部隊がないゆえに、宮殿内を自由に動けるベルカントは、自分の魅力を見せつけにわざわざ行っていたのだろう。

（私が作れと言ったのは、純粋な友で色恋の相手ではないぞ）

不純な動機を知ってしまった気がして、居心地が悪い。無意識に埃《ほこり》を落とすように両腕を振っていた。

部屋に戻って推薦書を確認すると、ベルカントが名を書いた部分の、乾ききっていなかった墨がところどころ滲《にじ》んでいた。

狩猟大会当日。冬の晴天独特の鋭い陽光を浴びながら、会場となる森に出場者と推薦者、そして応援の者が集まった。森の入り口には大きな天幕がいくつも張られ、観覧する役人や高官、上級女官のハレムの女性たち、そしてエフタンと一家のための軽食などが準備される。制限時間が三時間もあるため、出場者以外は応援という名の野遊びをして待つ。

出場者全員が銃を担いで準備をするなか、ベルカントだけは彼の弓矢を持って馬に跨《また》がっていた。今日着ているのは、偶然市場で会ったときに着ていたものと同じ、首元に赤い線状の刺繍《ししゅう》が入っている焦げ茶色の上着だ。宮殿内で着ている正装とは違って上着の丈が短い。野外活動のための衣装なのだろう。

胸を張って馬の背に跨る姿は、同じ弓矢を背負っているのに市場のときとはまったく印象が違って見える。先日意図せずあの衣服に隠された逞しい体軀を見てしまったからだろうか。市場で見た髭面の小汚さが、不思議と懐かしく感じられる。

エフタンに命じられたとはいえ、推薦者として応援の一声でもかけておくべきか。迷っていると、ベルカントのほうからこちらに来る。

「ハイリ、間食をせず、腹を空《す》かせて待っていてくれ。必ずたくさん獲ってくるから」

皇帝一家のそばに座っていたハイリの目の前まで馬を寄せ、自信に満ちた笑顔でそう宣言したベルカントは、合図と同時に意気揚々と森に入っていった。

「本当に面白い男だ」

いつの間にか背後に立っていたエフタンが、顎を親指で撫でながら笑うのに、ハイリは苦笑するほかなかった。

「腹を空かせて待っていろ、か。あの勢いなら、宮殿中に新鮮な肉を食わせてくれそうだな」

召し使いを除いても二千人近い腹を満たすなんて、一人では不可能だ。ただ、ベルカントの見せた自信はそれくらい確かで、制限時間がなければ森を一人で狩り尽くしてしまうのかもしれないと思わせる。人を楽しませるのがうまい男だ。

「ベルカントのおかげで、今年は出場者が随分と少なくなりました」

「前評判が異常なほど良いからな。それでも出場する他の者たちも、黙っているだけで相当腕に覚えがあるということだろう。自然と精鋭が集まる結果になったのだ。今年は見物だぞ」

勝者には皇帝から直々に褒美が与えられるため、推薦さえ得られればこぞって出場するのがこの大会だ。狩りにはある程度運も作用するから、運試しのつもりの出場者も少なくないだろう。しかし今年は、ちょっとした幸運どころでは結果を覆せなさそうな競争相手が出現したから、本当に自負がある狩人だけにおのずと絞られたということだ。

「今日は大量の肉が手に入ると、厨房に知らせておくべきか」

獲得した獲物は出場者の自由にしていい決まりだ。大抵は家族と食べるか市場に売るが、ベルカントが本当に何頭も獲ってきたなら、獲物の行き先はおそらく宮殿の厨房になる。今日が大会の日であるのは宮殿中が知っている。それでも念のため厨房に知らせようと言うエフタンは、冗談口調だけれど半分は期待を込めた本気だった。

「知らせておきます」

杞憂《きゆう》に終わるならそれでも構わない。部下を連絡に向かわせたハイリのところに、エフタンの長男アヤタが駆けてきた。

「おや、殿下」

「父上ばかりハイリと話してずるい」

七歳になるアヤタは、子供のころのエフタンとそっくりだ。活発で賢くて、顔立ちも瓜《うり》二《ふた》つと言って間違いないだろう。きりっとした目元が特によく似ている。ハイリを叔父《おじ》代わりとして慕うアヤタは、両親に対して自立した態度を取りたがる年ごろにさしかかっているのに、ハイリには躊躇《ためら》いなく甘えてくる。それが可愛くて、ハイリもついつい甘くなってしまう。

「今日は殿下がお出ましになったおかげでこうして晴れたのですよ」

アヤタのおかげで晴天だと言ってみれば、まだ頬に幼い膨らみが残る皇子は嬉しそうに笑って、ハイリの真横に座る。

「父上はいつも一緒なんだから、今日くらい僕がずっと隣にいてもいいでしょ」

ハイリの腕に抱きついたアヤタは、そこに頬ずりまでした。

「ええ、そうですね。そうしましょう」

笑って応えるハイリに、アヤタはご満悦といった様子でエフタンを見上げる。

「なんだ。邪魔者扱いか。ひどいではないか」

大袈裟《おおげさ》な仕草で傷ついたふりをしたエフタンは、ジュラとその膝に座っている四歳の次男ティムールのそばに座った。

アヤタとティムールには、父方の叔父やいとこがいない。これは悪名高い兄弟殺しのせいではない。二人いた異母弟はどちらもガラチ攻略戦の最前線に志願し、殉死しているのだ。

ハレムは基本的に平穏な場所だが、皇帝の息子をもうけた母親が複数人になった場合、母親同士の仲は険悪なことが多い。そのせいか、皇子たちも不仲であることが多かった。

エフタンと異母弟は、距離があったもののいがみ合っていたというわけではなかった。幼いころから聡明《そうめい》で活発だったエフタンには誰もが期待していて、精鋭の性であるアルファ性が発現したとわかったときは、異母弟の存在はもはや忘れ去られてしまいそうなほどで、圧倒的な求心力の差に、帝位を争うのも不毛に見えた。兄弟殺しも、当然視していた者が多かっただろう。

しかしエフタンは、悪《あ》しき慣習を自分の代で終わらせる気でいた。子供のころから、異母兄が即位しない場合に備えて生かされる弟たちの辛さは計り知れないと、ハイリにだけは嘆いていたのだ。即位後、意思に従い、二人の処刑はしないことを宣言した。だが、生かされても居場所がないように感じたのか、覚悟を決めきっていたのか、異母弟は志願して出征した。

アヤタとティムールには、いつまでも仲良く、助け合って生きていってほしい。ハイリもそう願ってやまない。いとこ代わりになる子を持つことは一生ないけれど、叔父の代わりは精一杯努めるつもりだ。ただ、どこまでも甘やかしてしまいそうで、パシャとしてそれでよいのかと自問することは多々ある。

「僕も狩りができるようになったら、ハイリは一緒に来てくれる？」

「お供しましょう。ただ、私は狩りが不得手ですから、きっと殿下の後ろ姿を見ているだけですよ」

「それでもいいんだ。一緒に行こう。約束だよ」

久しぶりに一緒に外出したからか、アヤタはずっとハイリから離れなかった。

応援の者にとってはのんびりした三時間が過ぎ、終わりの合図が鳴り響いた。馬に跨って戻ってきたベルカントは、大して獲物を持っていなかった。

まさか、と皆が顔を見合わせたとき、ベルカントが言った。

「運ぶのを手伝ってくれ。一か所にまとめてある」

なんとベルカントは一人で運べないほどの獲物を獲っていた。この大会のために放たれた、逃げ足の鈍い獲物も少なくなかったかもしれない。しかし、ベルカントが仕留めた数は、皆の予想をはるかに超えていたようだ。

「あの煙が目印だ」

ベルカントが指差す先を見ると、森に入ってほどないところに細い煙が上がっていた。罠《わな》の類《たぐい》を仕掛けるのは反則になるから、終わりの合図が鳴るまで火をつけるのを待っていたらしい。

兵を十人ほど呼んだベルカントが森へ戻ること半時ほど。鹿が三頭、大きなうさぎが五羽運ばれてきた。例年なら、鹿であれば一人一頭仕留められるかどうかで、数ではなく体長や重さ、決着がつかないときは角の長さを比べて勝者を決める。なのに、ベルカントの手柄は、まるで集団で森に入って一日かけて狩りをしたようだ。

「たった三時間でどうやって……」

並べられていく収獲物のそばに立つと、その成果に圧倒された。思わず呟いたハイリに、ベルカントは伸びをしながら言う。

「普段は必要以上に狩ることなんてないのだが。年に一度の特別な日なんだろう」

役に立ったかと視線で問われ、返事に困った。推薦者としては良いことなのは確かでも、成果があまりにも驚異的で、少しの畏怖《いふ》を感じてしまったからだ。

誰かの役に立つためだけにこれほどの数を仕留めてしまうのか。森の中で三時間も、息をひそめて獲物を狙っていた。すべての矢が命中したわけではないとすれば、何度も、容赦など忘れて獲物の命に狙いを定めていた。

肉や魚、野菜だって、命を頂いている。頭ではわかっていても、いざ狙いを定めるとなるとハイリなら小さなひっかかりを感じてしまう。しかしベルカントは、呵責を乗り越えたところにいる。ただし粗末に扱うことは絶対にしない。

「今日は宴なんだろう。こんなにたくさん獲れたんだ。皆で食べれば余らせることはない」

　他の出場者も、最低一頭は獲物を持ち帰っている。合わせれば三百人、否、五百人は新鮮な肉を食べられそうだ。捌《さば》くのが大変だなんて他の出場者に笑いかけるベルカントは、大会のあとは獲物の肉を振る舞う宴が開かれると信じて疑っていないようだ。

　しかし宴の予定はない。それを知っている皇子たちが、不安と期待が混じった目でエフタンを見上げた。

「ははは。宮殿をあげての宴か」

　エフタンの笑い声が響いたと思えば、子供たちが大喜びする声が重なった。

「今すぐ始めようではないか」

　エフタンの一言で、予定になかった宴が決まった。例年であれば、獲物は狩った者が持って帰るが、今日は全員の成果を宮殿内に運び、中庭にて宮廷料理と合わせて振る舞われることになった。

　エフタンは普段、周囲を困らせるような思いつきを強行することはない。それなのに、急に宴と言いだすとは、よほどベルカントの持ち帰った成果に感心したらしい。あとは子供たちがベルカントに興味津々だからだろう。宮殿に戻る段取りが整うまで、アヤタとティムールはどうしたら強くなれるのか次々と質問を投げかけていた。ベルカントも子供に慣れているようで、わかりやすい冗談を混ぜつつきちんと答えた。宮殿に移動するころには、ティムールが馬に同乗すると言って聞かず、ベルカントが連れて帰ることになった。

「子供の相手は好きですか」

併走するジュラに訊かれ、ベルカントはティムールと一緒に手綱を握りながら答える。

「子供はみんなで育てるものだから、好きか嫌いかなんて考えたことがなかった」

その率直さにジュラが眉尻を下げた。さすがのベルカントも、庇うように付け加える。

「宮殿のように大人ばかりが集まっていたら、子供の相手をする機会がなくて、いざとなったときに困る者が出てくるのは想像がつく」

帝都での暮らしは、ベルカントからすれば理に適《かな》わないことも多いのだろう。

予期せぬ行動を取る子供は同乗するのに気を遣うものなのに、ベルカントは今日初めて会ったティムールを乗せても平気で、四歳児の拙《つたな》くて永遠に続く問いかけにも、根気よくすべて答えていた。

好きも嫌いもないと言っていたが、子供好きの部類に入るだろう。楽しげなベルカントの姿を後ろから眺めながら、アルファ性に生まれてよかったと、人のことながら思った。

ハイリと同じようにベルカントも同性だけを好むのだとしたら、アルファはオメガと番えば男性同士でも家族を築ける。今は帝都での生活を満喫して、なぜかベータのハイリを気に入っているようだが、その気になればオメガの番を探し、本能から結ばれることができる。ベルカントに似た強い男子でも生まれれば、メサティアの人々は喜ぶだろう。本人だけでなく周りの人々にも幸福をもたらすのだから、ベルカントがアルファ性に生まれたのは神の思《おぼ》し召しなのだ。

召し使いが引く馬に少々緊張した面持ちで跨るアヤタ、それを見守るエフタン。気が散りがちなティムールを支えるベルカントと、微笑ましげなジュラ。幸せな光景とはこういうのをいうのだろう。穏やかで、心温まる光景は、とても眩しかった。

宮殿に戻ると、大広間で宴の用意が始まっていた。すぐそばの中庭にも天幕が張られ、夕食ができるまでそこで寛ぐことになった。

子供たちは背が高くて力持ちなベルカントにつきっきりで、特にティムールは抱き上げてもらったり肩車をせがんだりして上機嫌だった。ベルカントにかかれば七歳のアヤタだって軽々抱え上げられていたけれど、ほどほどで満足したのか少し経てばハイリの横に座って動かなくなった。

厨房が大忙しで調理した料理が運ばれてくると、大広間での宴が始まった。帝国では皇帝も大皿からよそって食べる。一人だけ高い位置に座るわけでもなく、同席する他の者との違いは匙《さじ》と背もたれの枕の豪華さくらいだ。連帯感を生むこの食べ方が、帝国が長く繁栄している秘訣だと説く学者もいる。親衛隊の俸給日には、大鍋《おおなべ》で具だくさんの汁煮を作り振る舞うのだが、皇帝もそこに現れて一緒に汁煮を食すと決まっているくらいだ。親衛隊の旺盛《おうせい》な食欲を満足させる汁煮は、具材の量は贅沢でも味は庶民のものだ。しかし、皇帝が一緒に食べることで連帯感と士気が高まるため、建国当初からの習慣となっている。

出場者と推薦者に労いの言葉をかけてから、エフタンはジュラの隣に座り、反対側にアヤタを挟んでハイリが座る。

「ああ、いい匂いだ。間食せずに待っていたか？　ハイリ」

ベルカントがハイリの隣に座ろうとすると、アヤタが急にその間に割って入った。

「どうした」

エフタンに訊かれ、アヤタは目の前の大皿を指さした。

「ここのほうがお菓子に近いから」

牛乳と米粉を熱して固めたムハッレビや、重ねたフィロ生地で蜂蜜と干し果実を包んで焼いたバクラヴァなど、子供が喜ぶものがハイリのそばに並んでいた。皇子とはいえ、一食のうちにこれほど菓子を食べることはなかなかないので、吸い寄せられてしまったらしい。それを聞いたティムールも、菓子の存在に気づいてアヤタとベルカントのあいだに入り込む。

子供らしい振る舞いに、おおらかに笑ってから、エフタンは大広間にできたいくつもの人の輪を見渡し、盃を掲げる。

「大会の成功を祝って」

今年最後の狩りは実り多いものだった。皆で盃を掲げ、口々に成功を祝うと、誰からともなく食事に手を伸ばした。新鮮な肉を使った料理は、匂いだけで頬が落ちそうだ。皇帝の宴席でも遠慮はいらない。皆思い思いに取り皿を埋めていく。子供たちの皿は甘いものでいっぱいだ。

「ほら、ハイリ。たくさん食べろ。冬に備えて脂がのったこの時期の鹿はうまいから」

塩と香草をまぶして焼いた鹿肉のシシケバブを、ベルカントは甲斐甲斐《かいがい》しくもハイリの取り皿にのせた。シシは剣のような細長い串《くし》に刺さった、ケバブは焼いて調理したという意味である。味の感想を期待するような視線を向けられ、むずがゆい気持ちになるも、食欲をそそる串焼きを前に理性はもろく、思いきりかじりついた。

「うん。おいしい」

あっさりした旨《うま》みと、柔らかい赤身の充実感が口内に広がる。思わず感嘆したハイリに、ベルカントは満足げだった。

鹿肉は好物だ。狩りでしか手に入らないのに、その狩りが苦手だから誰にも言わないけれど、振る舞われる席があると密《ひそ》かに楽しみにしている。大きな一切れを休みなく食べてから、皇子たちの手元を見ると、ベルカントは肉を小さく切ってティムールに食べさせていた。噛みきれないと言われたのかもしれない。気づかないくらい、夢中で食べていた。

「せっかくだから、肉料理も食べてみてはいかがですか」

お菓子ばかり食べているアヤタにシシケバブを渡そうとすると、渋々といった顔をされてしまった。

「このあいだ陛下が獲ってこられたときは、おいしいといって食べていましたよ」

肉料理は主に羊と鶏で、鹿はあまり出されないから、好みの味だったことを忘れたのだろう。そう思って言ったのに、アヤタは興味を示さなかった。しかし、鹿肉は好物かと訊ねるので、正直に好物だと答えれば、

「大人になって狩りにいったら、ハイリのために鹿を獲ってくるよ」

と言ってくれた。人のために獲るということは、あまり好みではなかったのだろう。皇子が参加できる宴はめったにないので、肉料理を勧めるのはもうやめようと思ったとき、エフタンがアヤタに言った。

「ベルカントに狩りを教わったらどうだ」

狩りにいく時間も必要もなく育ったのに、エフタンは狩りが得意だ。しかしベルカントと比べるとくすんでしまう。ベルカントに教わるほうが上達は早そうだが、アヤタはきっぱりと拒否する。

「父上に習うからいいんだ」

頑なな姿勢には正直驚いた。アヤタたち皇子はベルカントに会いたがっていると、ジュラが言っていたからだ。

子供の心変わりは早いだなんて思っていると、ティムールがすっかり懐いた様子でベル

カントの脚のあいだにすっぽり収まって、ベルカントの持っている取り皿から一緒になって料理を食べていることに気づいた。微笑ましい二人の隣で、一人できちんと座って自分の皿から食べているアヤタは、つまらない気分になってしまったのかもしれない。

「私のぶんのシェルベットもどうぞ」

こっそり耳打ちして、果汁と砂糖水を混ぜた甘い飲み物のシェルベットを渡すと、アヤタはぱっと表情を明るくした。甘味好きなアルスマン帝国で、祝いの席や宴には欠かせないシェルベットは、その甘さゆえ子供は特に飲む量を制限されがちだ。大人もたくさん飲むわけではないので、今夜配られるのは一人一杯ぶんだろう。両親に見えないように渡してやると、アヤタは自分のぶんをすぐに飲み干して、空になった盃をハイリのものと交換した。

アヤタの機嫌も直り、皆も一通り料理を堪能《たんのう》したところで、エフタンがベルカントに話しかけた。

「ところでベルカントはなぜ銃を使わないのだ」

「銃を使うことはあるけれど、弓矢のほうが好きだ。銃は一発撃てば、周りにいるものがみんな怯《おび》えて逃げてしまう。銃も矢も、一発が勝負なことには変わりないが、弓は静かだ。森や山を騒がせることはない」

山や森の一部となって狩りをする。ベルカントにとって当たり前のことなのが、自然な口調からよく伝わってくる。

「今日の獲物の量も、他の者が銃声で脅かした獲物が逃げたのを狙った成果だ。この国の銃を使ってみたが、有効射程距離も俺の弓とそう変わらないように感じた。狩りにおいては不便だと思う」

訓練に参加して得た経験から、ベルカントはすでに帝国産の武器の威力を把握していた。

「銃は使う気にならないが、この国の弓は素晴らしい。あんなに飛ばせる弓があるとは思わなかった」

「帝国を切り開いてきたのは、いつの時代もあの弓だからな。そうだろう、ハイリ」

銃兵に圧されがちだった帝国の弓兵隊が見直されるきっかけを作ったハイリに、エフタンは不敵に笑いかける。

「おっしゃるとおりです」

事実なので静かに頷けば、エフタンは視線をベルカントに戻した。

「そんなに気に入ったなら一本やろう。あれは材料に秘訣があって、そう易々《やすやす》と作れるものではないのだ」

「あの弓をくれるのか。やったぞ、ハイリ」

何かとハイリにちょっかいを出しながら、物を欲しがることはなかったベルカントも、本当は弓が欲しかったらしい。膝にのせたティムールの両手を握って、踊る真似までして喜んでいる。その様子を見て、エフタンも微笑んでいる。どうやら、弓は子守りの礼だったようだ。皇子たち、特にティムールが、ハイリ以外の大人の男にこれほど気を許しているのは、初めて見た。

「さて、ベルカントがこの大会の勝者になったわけだが、褒美は何にしようか。弓以外に、何か欲しいものはあるか」

　優勝者とその推薦者は褒美をもらえることになっているが、賞品は決まっておらず、本人の職や希望を考慮して選ばれるようになっている。大会が始まったころに、多様な身分や職業の者が参加していた名残だ。しかし本人に希望を訊くのは稀なことで、今度はどんな突飛なことを言いだすかと、エフタンが期待を込めているのがわかる。

　賞品や褒美に興味がなさそうだったベルカントだが、忘れたわけでは決してなかった。迷うことなく希望の品を言ってみせる。

「ハイリと旅がしたい。ハイリの時間が欲しい」

　大胆にも最側近のパシャの時間をわけてよこせと言ったベルカントに、エフタンもさすがに数拍目を丸くした。それから、そうきたか、と言わんばかりに小さく笑った。

「かまわんぞ。どれくらいの時間が必要だ」

　まさか認めると思っていなくて、弾かれたように見ると、エフタンは面白そうな顔をして片眉を上げていた。その隣でジュラが気づかわしげに大きく瞬きをしている。しかし人の時間を要望した張本人は、ハイリの動揺なんてどこ吹く風だ。

「十日、いや、十五日ぐらいは欲しい」

「わかった」

本当に旅が決まってしまいそうで、さすがに止めに入る。

「陛下、そんな急に、行けませんよ」

「ハイリはずっと働きづめだったんだろう。休むべきだ」

平然と言ってのけるベルカントに唖然とするハイリに気づきながらも、エフタンは面白そうに笑って旅を許可してしまった。

「そうだな。即位してからこれまで、ハイリには無理をさせてきたかもしれない。田舎の景色でも眺めて休んでくるといい」

旅も田舎の景色も望んでいない。そう言いかけたハイリをアヤタが見上げる。

「ハイリは行きたくないんでしょ」

ハイリに代わって旅行を中止にさせると、言外で意気込むアヤタに、なんと答えればよいのかわからなかった。子供にまで気を遣わせて断固拒否するのか、諦めて宴が恙《つつが》なく終わるようにすべきか。

迷ったものの、どれだけ異を唱えても旅は強行される気がしてならなかった。明朗に見せかけた傍若無人のベルカントと興がるエフタンが同じ方向を向いてしまっているのに、

変えられる者などいない。エフタンの気を変えられるとすればジュラくらいだ。試しに困り果てた視線を送ってみると、

「急に決めたらハイリに迷惑じゃないか」

と言ってくれた。しかし、エフタンはハイリが休むあいだは自分が倍執務をこなすなどと言って取り合わなかった。

「どうやら旅に駆り出されるようです」

眉尻を下げると、アヤタは唇を尖らせてベルカントをきっと睨んだ。視線に気づいたベルカントは、

「旅は楽しいぞ」

と楽観的に笑って、アヤタの正義感をより燃え上がらせていた。


久しぶりに馬車に乗ったハイリは、向かいに座るベルカントを恨めしい目で睨《にら》む。

「なぜ私が、とりたくもない休みをとって、旅をせねばならんのだ」

宴からたった五日で、エフタンは旅の準備を整えてしまった。寒さと天候により帝国以北からの訪問が減るのと、年越し以外の行事がない季節であることから、予定の調整はそれほど難しくなかった。

だからといって、この無理やりもうけられた休みが嬉《うれ》しいわけもない。むしろ、三日だって執務に穴を開けたことがないから、十日以上も旅をして帰ってきたあとを想像するのが怖い。

エフタンは土産《みやげ》話を楽しみにしているなんてのうのうと言っていたが、話しなんてしてやるものか。子供のころ以来の不貞腐れた気分になって、旅の元凶であるベルカントの、革の長靴に隠れた脛《すね》を蹴《け》ってやった。しかしベルカントは痛がることもなく、むしろハイリの膝《ひざ》を撫《な》でてくる。

「旅は楽しいぞ」

わざとらしく膝を撫でる手を、膝掛けの端のタッセルで叩《たた》いて払いのけた。

「ハイリが馬で移動したくないというから、こうして馬車も用意されたではないか」

長旅は無理だと言い張る最後の手段として、馬車以外の移動を拒否するという荒業に出た。ベルカントが自力で馬車を用立てるのは困難だと踏んだからだ。しかし、ベルカントがエフタンに相談してしまったため、パシャを乗せるための高級な馬車まで駆り出されてしまった。

おかげで乗り心地は悪くない。主に商隊が通る道路は整備されているから、馬車の揺れもそれほど気にならないし、行き交う馬車も御者や護衛が手練《てだ》れだから事故も少ない。車内は肌寒く、膝掛けなどを使って温まらねばならぬものの、旅の質だけを鑑《かんが》みれば至極快適だ。

「帝国を旅するにはハイリが一緒だったほうが何かと便利だ。俺だけなら入れない場所にもきっと入れる」

「そのためにパシャの私を利用するとは、豪胆にもほどがある」

「利用したわけではない。一緒に旅をしたかっただけだ。ハイリも山を見てみたいだろ」

「山？　南へ行くのではなかったのか」

二日前に確認したときまでは、行ける限り南へ行って、ベルカントが見たことのない街並みや自然を観察しにいく予定だった。山なら東へ向かわねばならない。窓の外を見ると、内海に沿った東向きの道を通っていた。

「見たことのない場所に行きたかったけれど、ハイリに山を知ってほしいと思う気持ちが抑えられなくなってな」

「メサティアまで行くつもりか。そんな距離は旅できないぞ」

「俺の村まではさすがに行けない、山の反対側だからな。だが、帝都が見える村にならけるだろう」

「帝都が見えるだと？　帝都からだって山は見えないじゃないか」

「まぁそう言わず、旅を楽しもうじゃないか。久しぶりなんだろう」

「私は旅をしたいなんて言っていない」

そんな問答をしながら東へと進んでいく。ベルカントは二人きりの旅をしたかったようだが、さすがにパシャが護衛なしで旅するわけにはいかず、四人の騎兵が馬車と並走している。しかし馬車の中は二人きりだ。

馬車がいいと言ってごねたのが災いしたか。否、避けられない旅なら馬に乗っての移動はやはり身体《からだ》にこたえる。荷物を運ぶのも、馬車のほうが楽だ。庶民の生まれなのに、いつの間にか贅沢《ぜいたく》が身についてしまっていたらしく、下着だけでなく中着も毎日交換できるだけ準備しないと気が済まなかった。

「はぁ……」

窓の外を眺めたまま溜《た》め息《いき》を一つ。このまま寝てしまおうかと思って背もたれに体重をかけるも、直後に馬車が大きく揺れて、後頭部が壁にごつごつとぶつかった。最初の休憩地で枕《まくら》にできるものを買わねばならない。憂鬱《ゆううつ》な気分になったとき、何を思ったかベルカントが隣に並んで座った。

「狭いっ」

ハイリが二人ならかろうじて並んで座れる馬車だ。ベルカントが座る幅は余っていない。肩を押してくる太い上腕をタッセルで叩いてやると、ベルカントはあろうことかハイリの肩に腕を回した。

「何をしている」

「枕代わりに俺の腕を使うといい」

肩の高さまでしかない背もたれの上に腕をのせたベルカントは、身構えるように前のめりになっていたハイリの肩を後ろへ押す。

「ハイリが昼寝をするのに役に立つなら、鍛えた甲斐《かい》がある」

軽く押さえつけられるかたちで頭を預けた腕は、弾力があって温かくて、質の高い筋力がどんなものかを雄弁に語っている。

「嫌味のつもりか」

「まさか。少しでもハイリに旅を楽しんでほしいだけだ」

空いている手で腕を撫でられて、それもタッセルで払いのけたハイリは、諦《あきら》めて腕枕を頼りに目を瞑《つぶ》る。体温の通った太い腕は、憎いほど質の良い枕だ。

(腕が痺《しび》れたって知ったものか)

遠慮なく頭を預け、目を閉じると、思った以上に早く眠気に包まれた。

二時間ほど走ったところで馬車は宿場町に停《と》まった。まだまだ日は高いので、ここでは昼食と、街の散策をすることになった。

「帝都へ向かうとき、この道を通らなかったから、何があるのか知らないんだ」

比較的大きな宿場町だ。飲食店がいくつもあって、ベルカントが目を輝かせる。民家も多く、市場も栄えている。

散策中は兵を連れて歩かないことにした。ハイリもベルカントも帯刀を許される身分なので護身用に提げているし、なにより、ベルカントを相手に問題を起こそうなどという向こう見ずはそういないからだ。

「ここは特産品があるような町ではないから、土産物なんかは次に停まる町のほうが期待できるかもしれないな」

そんなことを言いつつ、複数ある飲食店のどこで昼食を摂《と》るか相談する。

「好きな店を選べ。私は特に、こだわりはない」

「そうか。じゃあ、この店……、いや、あっちの店がいいかな」

店が軒を連ねる通りを往復して、迷いに迷ったあとベルカントはひき肉と香辛料を混ぜて焼いたキョフテが得意な店を選んだ。

「こうして店を選べるのは贅沢だな」

熱々のピラフとキョフテを注文し、上機嫌なベルカントは、机を挟んで向かいに座るハイリに笑いかけた。

「メサティアには、店が並んだ通りのある町や村はないのか」

「ないわけではない。が、異国の料理だけを出すような店はない」

キョフテもピラフも、庶民の食卓から宮殿まで広く親しまれている土着の料理だ。ベルカントが最後まで迷っていたのは、地中海料理を出す店だった。帝国の料理と似たようなものも少なくないけれど、オリーブ油をよく使う。葡萄酒《ぶどうしゅ》も人気だ。

「メサティアでも葡萄酒を作っているのだったな」

「ああ。麓《ふもと》でたくさん作られている。うまいぞ」

メサティアは葡萄酒の発祥の地だとベルカントは自信を持って断言する。飲食物は人々の工夫が折り重なってできたものだから、葡萄酒のように長いあいだ、しかも多くの国で作られるものについて、自国が発祥地だと言いきるとは。しかし、話の流れでしかメサティアのことを話さないベルカントだからこそ、説得力を感じる。

「ではメサティアの地に着いたら最初に口にするべきものとして覚えておこう」

「ああ。必ず試してくれ。ただ、山を登るときは注意したほうがいい。同じ量を飲んでも標高が高くなるほど酔いがまわりやすくなるから」

「そうなのか。山においては他に何を注意するべきなんだ」

「かなり上まで登ると、息切れを起こしやすくなる。いつもと同じだけ動いていると頭では思っても、身体がついていかない。標高の高いところでは、移動できる距離を過信するとかなり痛い目に遭う。でも、羊の放牧なんかで山を登るように、何日もかけてゆっくり登っていれば平気だ」

「空気が薄くなるんだったな。聞いたことがある」

「怖がる必要はない。油断大敵ということだけ頭に入れておけばいいんだ。平地で暮らしていたって同じことだろう。おっ、きたきた」

ぱっと表情を明るくしたベルカントに、料理を運んできた店主もつられて笑顔になっていた。

「うんうん、うまい。メサティアでも似たような料理を作るが、帝国のものは使われている香辛料の種類が多いな」

ここでも大皿に二人分がのせられてきた。ピラフもキョフテも飾りけはない代わりに、旨《うま》みが詰まっている。古い店構えから察するに、長きにわたって旅人の腹を満たしてきたのだろう。宮殿で作られるものと遜色《そんしょく》ない昼食は、朝から寝てばかりでそれほど空腹でなかったハイリの食欲も刺激した。

「ああそうだ、お菓子を買っていこう。口寂しくなったときのために」

飲食店のそばの屋台から、アーモンドの粉と砂糖を練った飴《あめ》とロクムを買うと、包んだぶんとは別に、その場で食べられるよう、おまけももらえた。

「帝国は砂糖と蜂蜜《はちみつ》が豊富なんだな。甘い菓子がこんなに頻繁に食べられるとは」

メサティアでは砂糖が稀少品《きしょう》だ。甘みは蜂蜜か果実の自然な糖分だけだろう。蜂蜜も、あまりに寒いとなかなか採れないかもしれない。甘党だったらしいベルカントは、大喜びでおまけのロクムを頬張《ほおば》った。

「甘いものも、肉料理も、庶民が頻繁に食べられるものではない。私は庶民だが宮殿育ちのようなものだ。近衛兵になってから、肉も砂糖も贅沢品だと知った」

成人する年、皇子だったエフタンにはハイリに役職を与える権限はなく、ハイリは自立する一歩として自ら親衛隊に志願した。そして近衛隊に配属され、宿舎に入ってから、どれほど自分が浮世離れした生活をしてきたかを知ることになった。

その経験は活きていると思う。兵士や役人など、公務に勤《いそ》しむ者への俸給の価値や合理性がわかる、実地で得た感覚は、皇帝への尊宗を維持する方策作りに大変役立っている。

「ベルカントは、謁見時に陛下から国賓としての歓迎を受けたから、宮殿で供される食事の種類がより豊富だったのだよ」

「そうだったのか。宮殿の食事が庶民の食卓と違うのはわかっていたが、客人のあいだにも食事の差があったことには気づかなかった」

「大きな差ではない。ただ、常に甘味が置いてあるのは、陛下に近しい者の部屋だけだ」

「そうか。ならば俺は得をしていたんだな。食べたらすぐに新しい菓子が出てくるから、宮殿はなんて良いところなんだと感激していたんだ。あ、あの店も見てみないか」

店が軒を並べていること自体が珍しいようで、ベルカントは楽しそうだが、これ以上の散策はやめた。

「次の休憩地でもまた見るものはあるだろう。馬車に乗って先へ進むぞ」

「どうしてそんなに急ぐんだ？」

「山に行きたいのではないのか」

　ベルカントがメサティアの方角に進みたいと言ったのだ。効率よく長距離を移動しようとするのはむしろ当然のことのはず。

「山に行くなら、ある程度急いで移動距離を稼がないとたどり着けない。約束は最大で十五日の旅だ。十五日以内できっちり宮殿に戻らせてもらう。そのために移動できる距離を計算した」

　七日かけて東へ向かい、一日余裕をもって同じ道を帰れば、十五日の旅になる。急げばメサティアの裾野《すその》にはたどり着ける。

「計算どおりに進めば、六日後にはメサティアの麓だけでも見られるはずだ」

　旅の経験はほとんどない。しかし、帝国のことなら飛び抜けて詳しいつもりだ。どんな経緯でも、パシャになったからにはその役目を果たさねばならない。少しでもふさわしくあるようにと、知識を求め研鑽《けんさん》を積んだ。地理も、距離や町の位置だけではなく、どんな馬車や馬ならどこをどれほどの時間をかけて通るのかなど、実地の情報を調べ続けている。これは陸と海の主要な貿易路を抱えた帝国において必須《ひっす》の情報であると同時に、庶民の暮らしから国防まで帝国に目を向ける皇帝の最側近として、知っていなければならないことだと思っている。

　そんなハイリの計算では、無理のない範囲で急ぎつつ移動を続ければ、六日目には山の麓には到達する。二つの内海を東西に結ぶように横たわるメサティアの国土コフカス山脈は広大なため、西端を目標にするのが精一杯だ。が、最西端でもメサティアであることに変わりはない。もちろん、不測の事態があれば達成されないが、目的地を山に決めたなら完遂するのがハイリの性格だ。

「山に行くのが楽しみになったのか」

ハイリを先に馬車に乗せたベルカントは、ことさら嬉しそうに言った。

宮殿の壁上で話したとき、山を見てみたいと感じた。あのときの高揚は忘れていない。要はハイリも山に行きたくなったのだ。しかし、認めるのはなんとなく腹が立つ。

「あてがないというのが落ち着かないから、目標を山に定めればかえって旅がしやすいと思っただけだ」

不服そうな口調で言ってしまった。きまりが悪くてそっぽを向くと、ベルカントがその隙《すき》に隣に座ってきた。

「狭いっ」

「ほら、腕枕だ。気持ちよく寝られるぞ」

「そんなに寝てばかりいられるか」

と言ったものの、馬車が走りだすといつの間にか睡魔に引き込まれていた。自分でも知らなかったことだが、どうやら暇になると寝てしまう体質だったらしい。外の景色があまり代わり映えしなくなると、途端に眠ってしまっていた。

あとは、体温がとても心地よかった。大きく揺れると肩を支えてくれるのも安眠に繋《つな》がって、旅の初日は驚くほどたくさん眠ってしまった。

休憩のたびに馬を交代させ、比較的大きな宿場町の旅籠《はたご》で休み、東へ進み続ける。通商路沿いの町や村は必ず警備兵の衛戍《えいじゅ》地になっているから、馬車を引かせる連絡用の馬はそこで交代させる。宿場町では一番良い宿に泊まった。旅に出てしまったからには、できるだけ快適に過ごしたい。

予想以上に順調な旅になった。休憩ごとにその地域で一番の店で食事をし、舌鼓みを打つ。馬車に飽きてきたら、警備兵を馬車に乗せてハイリとベルカントが馬に跨《また》った。所在なさげに馬車に揺らされる警備兵には少々申し訳なかったが、おかげで座りっぱなしにならず、背中を痛めるのは免れた。

旅路について五日目、ついに山の麓が見えてきた。

「計算どおり、明日にはメサティアに着きそうだ」

上半分に真っ白な雪を被《かぶ》った山の西側の斜面は、遠くから眺めるだけでもひんやりして見える。想像以上に緑が茂っているものの、日当たりの悪い谷間のまばらな雪が、冷たい空気を想像させる。

「ああ、久しぶりの山だ。こうして平地から山を眺めるのはなんとも不思議な気分になるな」

徐々に近づいてくる大きな山は、さらに東へと伸びる山脈の端だ。山脈すべてがメサティアという国で、その雄大な姿は、メサティアを出なければ眺めることが叶《かな》わない。

「一人の旅は、心細くはなかったか？」

聞いてからあまり話したくないことではないかと思い至った。大の男が寂しさを口にするなんて、屈辱的ですらあるかもしれない。しかし、ベルカントは躊躇《ためら》うことなく答える。

「そうだな。心細かった。山でなら一人きりになったことは何度だってあるのに、国を出るととても孤独に感じた」

物怖《ものお》じせず、虚栄もないベルカントは、彼らしく正直に、感じたとおりを話す。

「平地に下りて、初めての村を通ったころから、気持ちが変わった。見たことのない建物や草花が目に入ると、初めての景色に感動した。嗅《か》いだことのないうまそうな食べ物の匂《にお》いに気づいたときには、旅が楽しくなった」

眼前に広がる新しい景色に、視界が、世界が広がっていく高揚感を映す瞳《ひとみ》は煌《きら》めいていて、旅は楽しいと言い続けていたのは本心からだったと、ひしひしと伝わってくる。

「欲を言うならもう少しのんびり旅をしたかった。帝都に向かうために必要な最低限の日数しかなかったし、絶対に間に合わなければいけないという気持ちも強かったから、せっかく泊まった宿も落ち着いて満喫できなかった」

帝都の市場で偶然出会ったとき、盗みの疑いをかけられても鷹揚《おうよう》としていたから、調印に必ず間に合うよう単独の旅に責任を感じていたと言ったのが少し意外で、なぜか心が温まった。

「一人でも旅は面白かったけど、やっぱり話し相手がいた方が楽しい。だからハイリと旅ができて本当によかったと思っている。あとはハイリにメサティアを見せるだけだ」

愛する山を、好きになったひとに知ってもらいたい。そんな声が聞こえそうで、ふと、山や家族が恋しくないのか気になった。

「このままメサティアに戻ろうとは思わないのか」

国に帰れと言われると思ったらしく、ベルカントはわざとらしく身構えた。

「今さら追い返そうなんてつもりはない。ただ、こんなに近くまで旅したのだから、私なら家族のもとに帰りたくなるだろうと考えただけだ」

あくまで一般論だと視線を向ければ、力強い笑みが返ってくる。

「このままメサティアに帰ると言っても、ハイリは俺が帝都に戻るのを待ってはくれないだろう。ハイリが帰りを待つと言ってくれるようになるまで、俺は自分の村には戻らないさ」

何よりも大事だと言われているようで落ち着かない。なぜそんなにも好かれたのか。

「私を基準にしようなんて、ベルカントは本当に変わった奴だよ」

「ハイリを好きになるのは変人ばかりということか」

「そうだな、変人だ。私に好意を寄せるなんて、贔屓《ひいき》目当てでないのなら、落葉を眺めるよりもつまらない人間を好むということなのだから」

「落葉だって意味も風情もある。が、ハイリはつまらなくなんかないぞ。抱き心地も良い」

枕として定着してしまっているベルカントの腕の先の手が、ハイリの肩を撫でる。

「調子にのるな」

タッセルで肩を撫でる手を叩いてやると、「そう恥ずかしがるな」と言われたので、もう一度手を叩いてやった。

馬車も馬も好調で、その日のうちにメサティアの国境手前の村に着いた。ベルカントに言わせれば麓の、ハイリからすれば少し山を登った村だ。このあたりは緩い傾斜に草原が広がっていて、牛や羊の放牧地として有名である。そこから国境を越えてメサティアに登っていくには、馬車でなく馬に乗るほうが早くて安全だ。どちらにしても、一番近いメサティアの村には今日中にたどり着くのは難しい。小さなこの村には宿もないので、村長の家に泊まらせてもらうことになった。

「やはり寒いな」

馬車を降りると、途端に空気の鋭さが増した気がした。西に面した村だから、日没の時間は帝都とそう変わらないが、夕方に差しかかると急に気温が下がる。思わずカフタンの首元を閉めたハイリの横で、ベルカントは襟元を開いたまま伸びをしていた。

村長一家に温かい家庭料理を食べさせてもらい、寝て起きた朝には飼い羊の乳で作ったヨーグルトやチーズをたくさん食べさせてもらった。乳製品は帝国の人々にとって活力の源である。肉料理にはない爽《さわ》やかな満足感は、積雪がそこまで迫っている山の澄んだ空気にことさら似合う気がした。

最小限の着替えとありったけの防寒着を包んで馬に乗せ、毛皮のついた上着と帽子を被り、それぞれ護身などに必要な武器を持てば、いざ登山の始まりだ。

「さあ、メサティアに行こう」

馬に跨ったベルカントが先頭、そのあとを、村出身の警備兵とハイリが追う。

「外交活動はあまりないようだけれど、メサティアは異国からの旅人には寛容だと聞いた」

「ああ。俺の村は標高が高いから旅人はめったに来ないが、麓の村には北からも南からも旅人が来る。みんな旅人は好きだ。異国の話を聞くのが楽しいから」

「そのほとんどは商人なのだろう」

「そうだ。暖かい時期なら麓を通ると近道になるから、東側は貿易商人の往来がままある。こっちの西側は地形が険しいところがあって南北の移動は難しい。毛皮商人が買いにくるくらいで来訪者はまばらなはずだ」

　メサティアの国土であるコフカス山脈は広範囲にわたるため、東側出身のベルカントは、今回訪れた西側にはあまり詳しくないようだ。王の息子とはいえ致し方ないのだろう。

「ああ、もう村が見えてきた」

　晴れやかな表情で、ベルカントが指差した。人差し指の先の、針葉樹の深緑と雪の白がまだらになっている山の斜面を見るも、村があるかどうかはよくわからない。

「どこだかよくわからないな」

　目をすぼめてみるも、建物の屋根が雪を被っているのか、どこが村だか判別できない。もう一度ベルカントの指差す方向を確認するが、まったくわからなかった。

「ほら、あそこに三つ屋根がある。煙突の煙も見えるじゃないか」

　線画がそこにあるかのように指差すベルカントの隣まで馬を急がせて、指の先を睨むも、やっぱり緑と白のまだらしかわからない。

　そこでやっと、ベルカントの目には、ハイリと比べものにならないほど遠くまで見えていることに気づいた。

「ベルカント。一体どこまで木の葉の形がはっきりと見えているんだ？」

「木の葉？　松の葉の一本一本ならすぐそばのものだけで、枝葉でいいならあそこまで見える」

村があるという方角より若干下がった場所を指差すので、試しに望遠鏡で同じところを見ると、ハイリにもやっと枝葉を捉《とら》えることができた。

「君たちもあんなに遠くまで枝葉が見えるのか」

警備兵に訊《たず》ねると、ベルカントほどではないが、ハイリよりは随分遠くまで見えているとのことだった。

「山に育つとそうなるのか」

人によってより遠くが見えたり近くが見えづらかったりするのは知っていたが、しかしこれは衝撃的な差だ。同じ人間なのに望遠鏡一つぶんの違いがあるなんて。

「思いがけず尊敬の念を抱いてしまったではないか」

「尊敬の念？　ははっ、そうか。それはよかった」

面白そうに笑ったベルカントの、望遠鏡並みの視力は、想像もしたことがなかった安心感を与えてくれた。木々のあいだを通るにも、獣が隠れていたら避ける余裕をもって見つけられるのだろうし、目的地がはっきりわかるなら道に迷う可能性も低い。そう思うだけで、内心不安だった登山が、随分快適になった。

休憩を挟み二時間と少し。メサティア最西端の村に到着した。帝国最後の村からは標高が随分と高くなり、村に入るころには木々や建物の屋根には雪が積もっていた。

「ベルカントだ。ベルカントが帰ってきたぞ」

村人の元気な声が響くと、女性たちが家々から顔を覗《のぞ》かせ、一緒に子供も家から出てくる。男性もそれぞれ作業の手を止め、村の入り口のほうへ集まってきた。

「メサティアを出る前、最後に寄ったのがこの村だった」

帝国に入る前夜、一晩だけ過ごしたというベルカントを、村人は総出で迎える。一緒にいるハイリと警備兵まで大歓迎され、あれよあれよという間に村の集会場と教会を兼ねた建物に通され、いつの間にか搾りたての牛乳や温かいスープ、小麦粉を練った生地を焼いた、アルスマン帝国でいうエキメッキなどを振る舞われた。

「食糧が届いたおかげで、こうして昼にも温かいスープが飲める。ベルカントのおかげだ」

ハイリと似たような歳《とし》の男性が、ベルカントの広い肩をぽんぽんと叩いて言った。他の村人も口々にベルカントを褒めたたえる。

「ここにいるハイリが、食糧援助の発案者だ」

「おお、あなたが食糧を恵んでくれたのか」

「いや、私は皇帝陛下に提案しただけで……」

エフタンも含め議会の総意として決まったことだ、と言おうとしたのに、

「みんな、この方が我々の恩人だぞ」

と、遮られてしまった。

（メサティアの男は人の話を聞かないのか？）

しかし、それならどうやって村の統率をとるのか。結束が固そうな村人を見渡すハイリを、人々はとてもありがたがった。

（北と交戦した場合に、メサティアが盾になる交換条件は伝わっていないのだろうか）

恩人と呼ばれるのは心苦しい。無条件で食糧をもたらしたわけではないからだ。しかし、帝国から食糧だけでなく、搾乳を続けられるだけの家畜の飼料も届いたことで、目の前の牛乳があるのだと言われると、当面の食糧難を解消できたのはよかったと素直に思えた。

「このまま東のほうへ行くのかい？」

長老といった様子の村長が現れ、のんびりした口調でベルカントに訊ねた。

「いや、このあたりを散策したら、すぐに帝都へ引き返す。どこか見晴らしの良いところはないか？　ここから帝都の方角が一望できるような」

「一時間ほど登ったところに大きな岩がせり出しているところがある。そこからなら、平野を一望できるぞ」

村長もベルカントも村人も、誰《だれ》も敬語で話さない。存在しないわけではなく、同胞に対し畏《かしこ》まる必要はないといった様子だ。厳しい自然環境を生きるのに、大切なのは身分の上下より結束ということなのかもしれない。

随分早い昼食のあと、西の方角を見渡せる場所まで歩いていくことになった。

「景色が見えるのは木が生えていない、岩が多い場所か、川のそばになるが、この近くの川は細くて平野は見えない。岩場で歩きやすいのは珍しいから、行ってみるべきだと思う。せっかくここまで来たんだ」

「ああ。行ってみよう。傾斜でも、歩いていけるなら、試してみたい」

帝都を出発したときの憂鬱が嘘《うそ》みたいに、前向きな気分だ。初めて訪れた国で、皆が歓迎してくれたからかもしれない。いつもなら、うまく進めるか、目的を達成できるのかを一番に考えるのに、まずは山に一歩踏み出してみたいという冒険心がハイリを刺激する。

問題は、ハイリの履いていた、平地用の靴だった。雪が積もりはじめている山では、一時間も歩くなんて不可能である。そこで急遽《きゅうきょ》、山肌を歩きやすい毛皮の長靴を譲ってもらうことになった。メサティアの冬には欠かせないその長靴は、足の指の根元あたりから膝下まで、数か所を紐《ひも》で結ぶ仕様になっていて、履く人の足に合わせられるから、靴擦れになりにくい。羊毛で編んだ靴下も、体温の維持と通気性の両方に優れているという。

「毛皮の重量を感じさせない、履きやすい長靴だ。自分の靴で山登りは不安だったけれど、この長靴があれば私でも登れそうだ」

試しに村の中央にある広場を一周歩いてみると、足元から温かくなってくるのを感じた。

「足がかじかむと前に進めず体力を消耗するから、正しい足元の装備は生命線だ」

こちらも毛皮の長靴を履いたベルカントと二人で村を出た。岩場を目指して歩きはじめると、メサティアの人々の知恵が詰まった靴のありがたみを実感した。

　平野が一望できるという岩場の周辺はほとんどが切り立った崖《がけ》状になっていて、冬場の狩りには向かず、人が通っていないから、踏みならされた道がない。ベルカントの足なら一時間あれば余裕で着く距離だから、二人だと往復三時間程度といったところだろう。

　ベルカントの後について歩くのは難しくなかった。ハイリが歩きやすいように出っ張った枝などは折ってくれるからだ。ベルカントの大きな身体が通れる幅があればハイリは確実に通れるし、足跡をたどれば、そこが安定しているという印なので転倒のおそれもない。

問題は体力だが、歩きやすい靴と、普段暮らしている宮殿が広大なのが役に立った。自分でも思った以上に日々歩数を稼いでいたらしい。

「息は苦しくないか？　ハイリ」

　ちょうど呼吸の間隔が短くなったころ、ベルカントは立ち止まってハイリの顔色を確認した。

「息が上がっていないわけではないが、まだ苦しくは感じない」

「そうか。少しでも苦しいと感じたら言ってくれ。休める場所を探すから」

　山は空気が薄いから、いつもと同じだけ動けると過信してはいけない。帝都を出て最初に停まった宿場町でベルカントが言っていた。だから、メサティアに入るころから、油断大敵という言葉をときどき頭の中で唱えている。それでもまだ進めると断言できるだけの体力を感じるから、このまま進もうと言った。

「平気だ。このまま進める」

雪を被った背の高い木々のあいだに、薄く積もった雪の上を歩いていく。初めての経験だった。帝都エスタンベルでも雪は降る。だが、ここの空気は冷たさの質が違う。木々に積もった雪の白さが澄んでいるからだろうか。ときどき吹く風も、氷が肌を掠《かす》めていくようだ。

「自分でも意外なほど、うまく山を登れている気がするのだが」

「ああ。予想以上だ。思ったよりも早く岩場に着くかもしれない」

弓矢だけでなく背嚢《はいのう》も背負っているベルカントは、その荷の重さを感じさせない足取りで歩きながら、ハイリをときどき振り返っては笑いかけてくる。

快調に進むこと一時間弱。そろそろ岩場に着く目処《めど》が立つかと思ったころだった。

「このままは進めない。迂回《うかい》しよう」

そう言ったベルカントは、今までに見せたことがない険しい表情で周囲を注意深く見回す。

「一旦下りて、もう一度登ったほうがいい」

散策気分で楽観的になりかけていたハイリも気を引き締めて、頷《うなず》いた。もとより静かに歩くベルカントが、いつにも増して足音を立てないよう注意を払っているからだ。

「獣がいるのか？」

うさぎの足跡を見つけたときは、近くに隠れているはずだと教えてくれた。雪の上にくっきりと残った足跡だったからハイリもわかったけれど、今は足元がぬかるんでいて、ベルカントが何を警戒しているのかわからない。

「ああ。村の者は、こんなところまで下りてくることはないように言っていたんだが」

何が、とは言わず、周囲を警戒しながら進むベルカントは、ハイリの様子を確認しつつも、一言も話そうとしない。

ハイリが知っている、この山脈で遭遇する獣は豹《ひょう》、熊、狼《おおかみ》だ。他にも危険な獣はいるだろう。どれも毛皮を見たことがあるだけで、実物がどんな大きさかも知らない。

黙ってベルカントについていくことどれくらいか、雪に覆われた山肌に、ごつごつとした岩状の表面が混じってきたと思ったときだった。

真正面から強い風が吹いた。刺すように冷たい風は、ベルカントが前を歩いていなければ立ち止まっていただろう。反射的に上着の襟元をきつく締めた。

「しまった。天候が急に悪化した」

ベルカントが忌々しげに言ったのと同時に、風と一緒に白い靄《もや》が突然、目の前まで迫ってきた。あっという間に五本先の木の輪郭がぼやけて、慌てて来た道を振り返るも、どこを通ったのか判別できなくなっている。

「この視界と風で無暗《むやみ》に歩いたら遭難する。近くで避難できる場所を探す。俺のそばから離れるな。もしはぐれそうになったら大声で呼べ。どれだけ近くにいると思っても、必ず大声で呼べ」

緊迫した声に、予断を許さない状況なのだと悟る。「わかった」とはっきりした声で言えば、ベルカントは注意深く周囲を見ながら、斜め上へと少し登った。

「あの岩場、おそらく洞穴になっている。あそこに避難するぞ」

腕を伸ばせば触れる距離を保って、指差す方向へとついていく。向かい風に混じって横殴りの風も吹いてくるようになり、氷の粒のような雪まで降りだした。風音が聴覚を支配し、急激に体温が奪われていくのを感じる。爽やかな冬の森といった様子だった山が、たった数分で吹雪に見舞われる恐ろしさを痛感させられた。

「見えるか。あの洞穴だ。いい風よけになる」

目を凝らすと、崖が割れたような、縦長の三角形の穴が見えた。奥行まではわからないが、二人なら余裕をもって避難できる洞穴だ。

「村の者が狩猟小屋代わりに使っているかもしれない。中に薪《たきぎ》がある——」

ハイリを不安にさせないために、強風に負けない声を張り上げていたベルカントが、傾斜の上を凝視して立ち止まる。危険を察知したのが、不明瞭《ふめいりょう》な視界にもわかった。息を殺して凝視する先に視線を向けると、横殴りの雪の中に、大きな黒い影が見えた。

熊だ。生まれて初めて見た獣は、音を立てずにすぐそばまで迫っていた。否、吹雪でなければ足音がわかったのかもしれない。ベルカントが避けようとしていた危険はおそらくこの熊だった。毛が逆立ってみえるのは、自分が怯《おび》えているからなのか。本能が命の危機を察知して警鐘を鳴らす。心臓の音が吹雪の音をかき消すほど大きく鳴り、脚が竦《すく》んで動かない。

黒い獣は、容赦なく二人に向かって前足で地面を蹴った。襲われて、食われて死ぬ。最悪の結末が頭を埋めた瞬間、すぐそばで弓がしなる音がした。と思えば、弦が弾《はじ》かれる独特の音がして、矢が視界の端を掠めた。

鋭い矢先が獣に当たった破裂音がした。途端、獣は前脚を勢いよく天へと振り上げて立ち、矢を放ったベルカントに襲いかかろうとする。その瞬間、弓を投げ置いたベルカントは背負っていた剣を抜き、獣の腹へと飛び込んだ。全体重をかけて圧《お》し潰《つぶ》そうとする獣を、下から全力で突き上げる。

獣に覆い被さられ、脚だけしか見えなくなったベルカントは動かない。獣は前足を振り下ろそうとするが、それが最後の足掻《あが》きだった。

「ベルカント」

名を呼ぶも、声は掠れて、震えていた。このまま動かなかったらどうしよう。耳元の鼓動が緊張から不安に変わったとき、ベルカントが呻《うめ》きながら熊の身体を押し退《の》けた。

「やったぞハイリ。さあ、あの洞穴へ避難だ」

そう言いながら立ち上がり、誇らしげに笑ったベルカントだったが、さすがに肩で息をしている。ハイリが怯えて立ち尽くしているほんの数拍のうちに、弓を構え、矢を放ち、深手を負わせた熊を刺したのだ。それも、弾いたばねがごとく瞬発的に、獣の腹に飛び込んだ。捨て身の覚悟を一瞬のうちに決め、剣を握り締めた精神力と判断力は凄《すさ》まじい。力尽きた熊を見てもまだ信じられない心地だ。

「俺が洞穴を検《あらた》めるから、安全だとわかれば、火を熾《おこ》す準備をしてくれ」

獣の脅威がなくなっても、吹雪の危険はそのままだ。数秒のうちに始まった死闘を潜《くぐ》り抜けたはずなのに、ベルカントはもう寒さを生き延びることに集中している。

「ハイリ。いくぞ」

「わかった」

洞穴までは三十歩もなかった。なのに、視界が悪いせいで随分と遠く感じた。中は大人の男が五、六人は余裕をもって入れる大きさがあり、突然の吹雪から逃げ入った獣も獲物もいなかった。

「やはり狩猟小屋代わりに使われているな。ここで火を熾せば安心だ」

焚火《たきび》の跡と、両手で持てるほどの木の枝がある。暖をとれるほどの薪ではないから、拾いにいくしかない。

「ハイリは薪を集めて火を熾してくれ。俺は獲物のところに戻る。薪拾いは、この洞穴が見える範囲だけでするんだ。拾うことよりも洞穴を見失わないことを優先しろ」

ハイリが遭難しないよう的確な指示をしたベルカントは、倒したばかりの熊のところへ行ってしまった。近くに置いていたら他の獣を呼んでしまうのだろうか。わからないが、ハイリにできるのは薪を拾い集めることだ。

幸いにも薪になる枝や倒木は洞穴周辺に少なからずあり、横殴りの雪で目を開けるのも困難な中、火を熾すに足りるだけは集められた。

腰に差している短刀を抜き、枝を削って木屑《きくず》を作り、火を熾す準備をするも、肝心の着火ができない。ベルカントの背嚢に点火具が入っていることを祈りながら少しのあいだ待ってみるが、ベルカントは戻ってこない。

迷ってしまったのだろうか。ベルカントに限ってまさか、と思う心に、そのまさかも通じないのが山と吹雪なのではないかという畏怖《いふ》が溜まっていく。

ともかく火を熾さなければ。携帯していた小型銃と火薬を取り出し、木屑を両手で包めるほど集め、導火のための火薬を置く。そして火薬に対し点火装置を向け、引き金を引いた。点火装置は火打ち石の改良型で、そこから散った火花を火薬に引火させる。燃えた火薬が散って、火の粉を浴びた木屑が熱くなったら引火した印だ。息をかけ、小さな炎が上がれば、火を消さないように薪を重ねていく。最初は燃えやすいように刃物で割った枝から燃やし、火が大きくなれば多少濡《ぬ》れた木の枝でも燃えていく。

銃を装填《そうてん》していなくてよかった。緊急時に弾をこめる時間などないから、装塡しておくべきか迷った。けれど、ベルカントがあまり銃を好まないのに加え、彼が太刀《たち》打《う》ちできない危機なら自分が銃を撃とうが助かりようがないと思った。それに、万一悪党とでくわして銃を取り上げられたら自分が撃たれかねない。今のように火をつける場合や、ベルカントから指示か要望があった場合、そして、居場所を知らせるための空砲など、狙《ねら》って撃つというよりも応用目的だったが、大いに達成された。

「火がついたか。助かった」

洞穴にベルカントの声が響いて、肩から背中にかけて力が一気に抜けるのを感じた。ベルカントが洞穴を見失ったかもしれない不安は、自覚していたよりもずっとひどかったらしい。

「もっと薪を拾いにいかなければならないけど、なんとか火は熾せた」

宮殿住まいだと自分で火を熾す必要がないから、若いころにエフタンの狩りの供をして、警備兵に教わりながら火を熾したきりだった。人手に甘えた生活をしていることを痛感する。

「寒かっただろうベルカント。私が薪を拾ってくるから、火にあたって休むといい」

火のそばに寄ってきたベルカントの頬と鼻先は赤くなっていた。冷たい風と雪に当たったせいだ。そこまでして何をしていたのだろう。背嚢を下ろしたベルカントの手には、黒い毛皮があった。

「もしかして、その毛皮はさっきの」

「ああ。毛皮と少しの肉も持ってきた。急いで捌《さば》いたから恥ずかしい出来だけれど、寒さをしのぐには重宝する」

そう言って、ベルカントは毛皮を広げて見せてきた。怪物のように大きく見えたが、熊の体長はベルカントの身長よりも短かった。

「重いからぜんぶは運べなかったが、肉もある。十分すぎる食糧だ。うまいぞ」

集めた松の枝葉に包まれている肉は、ろくに調理をしたことがないハイリの目にも、柔らかくて質が良いのがわかった。

「メサティアでは熊も食すのか」

「食うために狩りはしないが、さっきのように身の危険を感じた場合は躊躇わずに狩る。獲ったからにはありがたく食うんだ。毛皮も大事に使う」

そう言って、ベルカントはハイリが履いている靴を指さした。

「本来ならこの地域に熊はいないはずなんだが、ここ数年の豪雪で獲物が減ってしまったから、冬ごもりの準備ができずに、低いところまで下りてきたんだろう。それでも、冬ごもりをするには瘦《や》せていた」

「そう……だったのか」

「獣は基本的に人を避けるし、人も獣の縄張りにわざわざ入っていかない。そういう暗黙の掟《おきて》のようなものがある。が、必ずというわけでもない。さっきの状況では、熊が俺たちを食って冬ごもりするか、俺たちが熊を糧にして生きるか。そのどっちかしかなかった」

　ハイリが怯えて固まっているあいだに、ベルカントは狩られる前に狩る腹を決めていた。空腹の獣の前では、生きているものはすべて獲物だと、骨の髄まで身に沁《し》みているからだ。

「天候は今日のうちに晴れないだろうか」

「陽が落ちる前は望み薄だろうな」

　視界が晴れても夜闇《やあん》の中は動けない。ベルカントはすでに、この洞穴で一晩過ごすつもりで動いていた。

「寒いだろうハイリ。背嚢に浅い鍋《なべ》が入っているから、それで雪を沸かして湯にする。待っていろ。薪と一緒に取ってくる」

　動きっぱなしなのに、ベルカントは鍋を抱えてまた吹雪の中へと飛び込んでいった。今のところ火を熾すくらいしか役に立てていないハイリは心苦しく感じるも、火を絶やさないよう気をつけながら暖をとった。

　焚火の温かさにほっとすると、背筋がぶるっと震えた。身体は自分が思っていた以上に冷えていたのだ。

「もう一回薪を集めれば、夜を越す準備が整うから、心配しなくていいぞ」

鍋に山盛りの雪と薪を抱えて戻ってきたベルカントは、ハイリが不安がっているのを案じて、大収穫だと薪を見せる。

洞穴に残されていた大きな石を使って鍋を火にかけると、ベルカントはまた薪を拾いにいった。疲労を感じさせる足取りではないけれど、ハイリのために無理をしているのではないかと不安になる。しかし、十分もたたないうちに両手いっぱいの薪を抱えてきたから、甘えてよかったと思えた。ハイリが拾いにいったら、同じ量の薪を集めるのに三倍も四倍も時間がかかっただろう。

「さて、湯を沸かして、肉を焼いて食べよう」

鍋を火にかけ、溶けだした雪で濡らした枝を肉に刺したベルカントは、あっという間に熊肉のシシケバブを作ってしまった。

「独特な匂いがするな」

「獣の匂いは否めないが、脂がのって旨みが詰まっていてうまいぞ」

枝を回し続けて、均等に焼いた肉を渡してきたベルカントは、ハイリの感想を聞きたくてうずうずしている。

「いただきます。……うん。確かに脂がのっていて、身の味が濃い」

「うまいか？」

「うん、うまい」

「そうだろう。うまいだろう」

自分で狩った獲物の肉を食べさせるのは、狩人として誇らしいことだ。狩猟大会の日も、ベルカントはハイリが喜ぶ顔を見たがっていた。

贅沢な量の肉を食べ終えて、熱い湯を飲めば、体力が戻ってくるのを感じた。しかし気温は容赦なく下がっていく。

「二人で隣り合って横になると、体温を保つのに役立つぞ」

せっかく蓄えた体温を逃さないために、ベルカントが運んでいた毛布と熊の毛皮を使い、二人で並んで横になった。

「ハイリは雪山に慣れていないのに、野宿まですることになって、悪かったな」

腹が落ち着いてきたころ、ベルカントが囁《ささや》くように言った。

「仕方がないことだ。山の天候が変わりやすいというのは誰もが知るところだし、ついてきたのは私だ」

吹雪のことは、ベルカントが責任を感じる必要はない。この旅自体は違っても、山に入ったのはハイリの意思だ。

「そう言ってくれると助かる。帝都が暖かかったから、ここはもう真冬だという感覚がなかった。少しのあいだ離れただけなのに、こんなにも感覚が鈍るものなんだな」

ベルカントが苦笑する。生まれて初めて山を出て、失くすことはないと思っていた山で生きる感覚を失って、自分でも驚いているようだった。

「一月以上離れていただろう。きっと、思っている以上に長い時間なんだ」

洞穴に強風が吹き入り、焚火を揺らした。外は猛吹雪といった様相で、このままでは薪を新たに調達するのも困難だ。先んじてベルカントが集めてくれたから、不安はない。本人は感覚が鈍っていると思っているようだけれど、ハイリからすれば百戦錬磨の対処だ。

「ハイリがメサティアに来たのが嬉しくて、浮かれていたんだ。それでハイリを危ない目に遭わせていたら、元も子もないのだけれどな」

自嘲《じちょう》するベルカントに、問題ないと小さく首を横に振る。

「獣に遭遇したのは、確かに怖かった。脚が竦んで動けなかったよ。ベルカントが矢を射る音が聞こえるまで、弓を引いていることにも気づかなかった」

今度はハイリが苦笑する番だった。思考停止していた自分を思い出し、情けなくなった。

「帝国のパシャだなんて、こんなものだ。一人で山に入ったなら、きっとすぐに遭難していて、獣に立ち向かう勇気もない。メサティアの戦士からすれば、男失格ではないか」

「山で生きるには、時間をかけて生き延びる術《すべ》を学ぶしかない。帝都育ちのハイリに難しいのは当然のことだ。それを言うなら、俺は帝都の市場を歩いただけで盗人扱いされた。珍しい木の実を眺めていただけなのに」

「あれは無精髭《ぶしょうひげ》と服の着かたが原因だ。髭は手入れをしてたくわえるかきれいに剃《そ》るかのどちらかにしないと印象が悪い。しかし、それはただの処世術だ。嫌疑を晴らすのも、命を懸ける必要なんてない。むしろ、ベルカントは処世術に長《た》けている。どんな特技があっても、たった数週間のうちに皇帝から少佐の地位を引き出すなんて、できることではない」

エフタンに階級を要望したのは、ハイリの関心を惹《ひ》く時間を稼ぐため。だが、ベルカントが最初にハイリに興味を持ったきっかけには、それほどの価値はないのだ。

「そこまでして、なぜ私にこだわる。矢の雨作戦の軍師は、熊に怯えて固まってしまう程度の男だぞ」

矢の雨作戦の軍師は、狩りが不得手で獣に怯えるような男だ。幻滅しないわけがない。そろそろ夢も醒《さ》めたのではないか。ベルカントを見遣《みや》ると、苦笑が返ってくる。

「確かに、最初にハイリに興味を持ったのは、矢の雨作戦の発案者だと聞いたからだ。皇帝と同じ歳で若かった無名の軍師が、銃兵を豊富に抱える帝国軍を引き連れて弓矢で敵を倒したと知って、きっと話がわかる男だと思った。火薬がすべてではないことを理解していると」

「火薬がすべてではないというのは同意見だ。しかし、矢の雨作戦は相手の意表を突くために、無音の武器を選んだだけで、森や山を騒がせず狩りをするというベルカントの弓の使い方とはまったく違う」

メサティアにだって銃はある。それでも弓矢を選ぶのはベルカントの意思だ。しかしハイリが戦場に弓兵を起用したのは、姑息《こそく》な戦術のためだった。

「ガラチ攻略において私が考えたのは、どうすれば効率的に短期間で敵の戦意を挫《くじ》き、降伏させられるか。それだけだ。宮殿の軍議場で、地図を指差し、兵に見立てた駒《こま》を並べて、敵兵の駒を減らす方法を説いた。銃兵隊を使っておびき出したガラチの兵を、隆起した丘から弓兵が狙う。発砲した瞬間から速度が落ちる弾丸と違って、矢は一度放たれたら何かに刺さるまで止まらない。高低差を利用すれば銃弾より有効射程距離も伸びる。死角から無音で飛んでくる矢は、気づいたときには手遅れだ。奇襲効果が見込めるといって、必要のなかったガラチ攻略戦に議会の賛同を集めるため、必勝の戦術として提案した」

オラハド侵攻中のガラチの脇腹《わきばら》を突いて、帝国がもう一度支配者となる。ハイリが必死に編み出した矢の雨作戦は、思惑どおり帝国軍をガラチに向かわせた。

「ガラチは反乱によって帝国から離脱した。その雪辱を晴らすのは新皇帝だと、もっともらしいことを言って重臣を焚《た》きつけるのも、私が陛下に進言したことだ。戦争を始めるために、考え得るすべての可能性から、最も合理的な道筋を考えた」

皇子の友達として少しでもふさわしくなれるように、知恵と知識を己の価値にするため、宮殿で貸し出されている歴史や戦術の書物を読めるだけ読んできた。ガラチのオラハド侵攻が始まり、エフタンが助言を求めてきたとき、自分の能力を活かせるのはこのときだと悟って、二日間書庫に籠《こも》って必死に考えた。ガラチの地形、進軍可能な経路、オラハドからガラチ軍が引き返した場合にかかる時間。頭にあった知識を組み合わせ、最適解をはじき出し、その裏づけに書庫の書物を利用する。机上の空論で終わらぬよう、過去の戦争を五百年以上遡《さかのぼ》った。そうして皇帝の遊び相手以外の何者でもなかった無名の近衛兵は、議会を黙らせ、焚きつける策を編み出した。

「陛下のお供をし、ガラチの戦場に行ってやっと気づいた。自分が地図と駒を使って説いた作戦は、戦場では生きた人間が命を懸けて実行するものだと。効率よく敵の駒を減らす手段が、どれほど残酷なものなのかを、そのときになってやっと理解した」

戦場の凄惨《せいさん》な光景が眼前に蘇《よみがえ》り、背筋が冷たくなった。

「大勢が死傷することまで想像が及ばなかった自分が、心底恨めしい。自分では獣に立ち向かうこともできないのに、ガラチの兵を一掃する悪知恵だけ働かせたことが功績などと呼ばれていいわけがない」

エフタンにさえも言えなかった、深く醜い自責の念だった。ベルカントに話してしまったのは、断罪されたかったからか、誰かに赦《ゆる》してほしかったからか。

十年間、無慈悲な作戦によって得たパシャの地位に収まっていたのは苦しかった。ジュラと番《つがい》になって、子供も得たエフタンが、幸せそうな表情を浮かべるたび、救われた気持ちになったけれど、同時に、この幸せのために払われた犠牲が頭をよぎり、胸を締めつけた。

「ガラチは、もとはといえば帝国の一部だったのだろう。反乱によって離脱したのは知っているが、その後は帝国回帰論が噴出する悪政ぶりだったと聞いた」

「ガラチは反乱軍が建国して、その主導者が王を名乗ったものの、強権的な支配が土地の人々を苦しめ、不満は高まるばかりだった。オラハド侵攻は悪政から目を逸《そ》らせる目的に加え、帝国に対する牽制《けんせい》のつもりだったのだろう。ちょうど陛下が若くして即位されたばかりで、議会も結束力に欠けていた時期だ。オラハドに援軍はないと睨むのも当然だ」

「若い皇帝とその相棒の実力を見誤ったあげく、国そのものがなくなったというわけか。聞いている限りだと、ガラチの人々にとって、帝国に復帰したのはそう悪いことでもないようだが」

「町や村の人々にとって大切なのは日々の暮らしだ。陛下の安定した治世にガラチの人々もおおむね満足していると聞く。オラハドも人質として王子を差し出しはしたが、次のアルスマン帝国の皇帝を輩出する結果になったのだ。悲観してはいないだろう」

「それなら、なぜハイリは自分を責め続けるんだ」

結果を見れば、ガラチ攻略戦は多重の意味で成功だった。けれど、だからといって、ハイリは頷けない。

「メサティアの男子は全員、戦士として育つのだろう。どこの国も有事に男子が駆り出されるのは似たようなものだが、大抵の国では、男子は普段、家業に専念しているものだ。帝国は親衛隊という専業兵士の部隊があるけれど、ガラチで我々を待ち構えていたのは、急ごしらえの兵服を着た、銃の構え方もなってない庶民の寄せ集めだった」

望遠鏡の中に見た敵兵は、兵と呼ぶのも躊躇いたくなるような、頼りない体格の若い男ばかりだった。

「わかっていたから、射撃訓練を重ねている親衛隊を最前線に並べて銃を撃たせ、弓矢は戦のために雇った狩人に任せた。とても効率的な戦線だった。後方から眺めていて、陛下が褒めてくださったほどだ。けれど私は、誉れとも誇らしいとも思えなかった。完全に手遅れの状況で、良心の呵責《かしゃく》に苛《さいな》まれたからだ。敵兵を倒す策を必死になって考えておきながら、何が良心だと自分でも腹が立つよ。だから、矢の雨作戦は功績なんかではない」

最初に矢の雨作戦の話をしたくないと言った理由を、ベルカントは静かに受け止めていた。

「皇帝は、ハイリが自分を責めることは、ある程度予想できたのではないか？」

幼なじみに酷だと言いたげにされ、ハイリは小さく頷いた。

「私がアルファ性の番に対する執着を恐ろしいと思うところが、まさにそれだ。皇帝陛下だって、無用な争いは避ける人柄なのに、一国を滅ぼしてオラハドに王子を差し出させた。

私のことだって顧みなかったわけではないと思う。ただ、アルファは番のためなら世界を滅ぼす覚悟を決める生き物なのだよ。世界の歴史を見渡せば、番を巡って国の形が変わったことは何度もある」

思いやりがないだとか、そんな次元の話ではない。アルファは番《つが》うべきオメガを見つけたら、持てるものすべてを利用して、邪魔する人も物も何もかもを滅ぼす生き物なのだ。

「時は戻せないから、パシャであるあいだはその権限を安寧の維持に使おうと思っている。せめてもの、償いのつもりだ」

背中がふるっと震えた。洞穴内は、焚火があっても決して暖かくない。被っている毛布や毛皮から出てしまえば数秒のうちに凍えるだろう。経験したことのない寒さに、懺悔《ざんげ》めいた気分になっていた。澱《おり》になって溜まっていたものを吐き出して、胸が軽くなったのを感じる。ベルカントなら聞いてくれると、なぜか信じられた。

「そのおかげで、メサティアは帝国と同盟を組めたわけだ」

ハイリが後悔から学んだおかげだ。そう微笑《ほほえ》みかけてくれたけれど、頷くわけにはいかなかった。

「食糧が足りれば、同盟など組みたくなかっただろう」

「それは確かにそうだが。食糧が足りないのは動かしようのない事実だ。この冬も、越冬のために十分蓄えられた村はなかった。春になるころには餓死者が出るか、農耕馬や牛を食べて生き延びるか選ばざるを得なかっただろう。馬や牛がいなくなったら耕せたはずの農地が荒れて、秋の収穫が減る。人手が減れば畑を耕しても世話ができない。狩りをしようにも獲物も減って外国に売る毛皮がないから金もない。八方塞《ふさ》がりだった」

苦しい選択を迫られる窮状は打開された。ベルカントは力強く言った。

「ハイリの良心は、メサティアに安寧をもたらした」

「無償の援助でもないのに、そんな――」

「わかってる。俺たちが、北が攻めてきた場合の盾になる交換条件は、みんな理解しているさ。その条件が、北の一国だけに限定されていることも」

同盟の条件は細かく記されている。その条件の一つが、メサティアがアルスマン帝国のために戦うのは、両国がともに国境で接している国が攻めてきた場合のみ、すなわち北の大国一国だけだ。少し離れるだけで複数の国が現れるのに、一国に絞る条件を追加したのは、メサティアを帝国の争いに巻き込まないためだ。

「北の国が帝国と争いたければ、メサティアの山脈を越えるか、山と内海に挟まれた平地を通るしかない。北の国が南下を試みた場合、ほぼ確実にメサティアを通るわけだが、俺たちは侵入者を許さないから、帝国と同盟を組まなくても戦うことになるだろう。俺たちからしてみれば、無償で食糧援助を受けたようなものだ」

条件の詳細は他国に知られるべきものではない。メサティアと同盟を組んだ事実は変わらないから、周辺国に対する牽制は見込める。そう、少々強引に説得したのはハイリだ。

「ハイリは、その力でメサティアを生かすんだ」

「そんな大仰な言い方をするな。中立を貫いてきたメサティアが同盟を組むという箔《はく》が欲しかっただけだ」

「帝国がそんなちっぽけな箔を必要としているようには感じないが」

「周辺国への牽制という意味は大きい。なにせ帝国は広大で、接している国が多いから」

あくまで相互利益のためだと言いきれば、ベルカントはなぜかにやけた顔でハイリの横顔を覗く。

「確かに俺たちは強い。腹いっぱい食わせるだけで百人ぶん戦う。だが、一番の戦士である俺には弱点があって、それはハイリという男なんだが」

肩を指先でとんとんと叩かれ、虫を払うようにしっしと手で払ってやった。どこまで本気なのか。ベルカントは頭の下で手を組み、焚火の煙がのぼっていく先をじっと見た。

「ハイリは、皇帝が好きだったのか」

静かで落ち着いた声だった。確信を得ている口ぶりに、勘の鋭い男だと思った。

「思春期の、自分が同性愛者かどうかもよくわかっていなかったころに、そう感じたこともあった」

成人するころまで、幼なじみというだけでは到底説明がつかない、エフタンへの感情の強さに戸惑っていた。

　ハイリの知っている世界は狭いものだったが、知る限りで最も魅力的な人間がエフタンだった。抱いているのは好感か好意か。好意ならなぜ同性なのか。幼なじみの笑顔の下で、ひどく悩んだ。成人して親衛隊に志願したときは、エフタンと離れられて安堵《あんど》したほどだった。しかし、近衛隊に配属され、そこで同性愛者だと自覚した。自分を理解できた気がして嬉しくて、やはりエフタンに対する気持ちは好意であったと悟って絶望した。しかし、好意だったと理解できたことで、その感情は昇華された。留学にきたジュラと想いを寄せ合うエフタンを見て、これこそが恋なのだと知り、とてつもなく尊く感じたからだ。

「エフタンは、唯一無二の存在だ。誰よりも大切に思っている。でも恋慕とはまったく違う。物心ついたころから一緒にいた、兄弟のような、自分の鏡のような、特別な存在だ」

　幼なじみで、主《あるじ》で、親友だ。命ある限り忠義を尽くし、友情に報いていく。唯一無二の、特別な友だ。

「しかし、思春期というのは厄介なものだ。エフタンと恋仲など、冷静に考えればおぞましい話なのに、気づけなかった。エフタンは身分とは関係なく勝手なところがあって、もういい歳なのにいたずら好きだ。物の好みも偏っていて、執政と関係ないところでは突拍子がないことも平気で言うから扱いづらい。つまりは人の良い傍若無人だ。ジュラの気の長さには感心させられる」

オメガ性が発現し、母国でも居場所はなくなっていたジュラだけれど、帝国の皇后としても、のびのびと暮らせているとは言いがたい。それでも、運命を呪《のろ》ったことは一度もないと確信できる。結ばれるべきひとと番になって、心の底から幸せなのは、二人を見ていればわかるから。

友として喜ばしく、人として羨望《せんぼう》を禁じ得ない。他の誰も聞いていないのをいいことに、正直に思っていることを言えば、ベルカントは声を上げて笑った。

「皇帝もハイリにかかれば形無しだな」

「そういうベルカントも傍若無人だがね。アルファの性質なのかもしれないな」

これも正直に言ってやれば、意外だという顔をされた。

「傍若無人？　ならば、俺はハイリの好みということだな」

「どこをどうすればそんな話になる」

「照れなくていいぞ。こうして俺との旅に出たのも、二人きりになりたかったからだろう」

布団代わりの毛皮の下で上腕を軽く撫でられた。今度は振り払おうと思わなかった。

この毛皮がなければ、寒さに耐えしのぶ夜を過ごしていたのは明白だ。そんな状況で、ベルカントは炎のそばをハイリに譲り、話を真剣に聞きながらも、焚火に気を配っていた。洞穴の外の吹雪がおさまったかどうかも気にかけている。身を挺《てい》してもハイリを必ず生かすと、行動が示している。

「傍若無人な主に命じられたから来ただけだ」

口から出たのは、正直すぎる言葉だった。ははっと笑い声がすぐそばに聞こえて、この男が豪胆で、本当によかったと思った。


夜が明けるころには、きれいに晴れていた。風がおさまってからも雪が降り続いたようで、山肌は完全に雪の白に覆われている。洞穴を出た二人は、昨日熊を倒した場所へ戻った。ベルカントが担ぎきれなかった肉は凍っていて、おかげで腐らずに済んでいる。昨日捧げられなかった祈りを捧げ、恵みに感謝したあと、ベルカントはハイリの銃で空砲を撃った。

「俺たちのことを探しに何人かが村を出ているかもしれない。空砲が聞こえれば、誰かがここまで来るだろう。獲物肉を見つければ、俺たちの無事も伝わるし、頼まなくても持って帰ってくれるさ。久しぶりの肉だ。みんな喜ぶぞ」

雪を被った肉のそばに毛皮も置き、狼煙《のろし》の役目を期待して、洞穴から焚火も移した。

「天気がいいうちに岩場に行こう。この調子なら、きっと遠くまでよく見える」

笑顔のベルカントに、山の感覚を取り戻した自信を感じた。言われるまま、後をついていく。

夜通し絶えなかった焚火と、毛皮を含めた防寒具、そして昨夜《ゆうべ》の獲物肉や雪を溶かした湯のおかげで、体調も良く体力も十分にある。ベルカントが生まれてからずっと蓄え続けてきた生き延びる知恵は、ハイリを着実に岩場へと連れていく。

「このあたりは斜面のほとんどが岩盤で、木が育たないいんだな。歩きにくいが、この先は見晴らしが最高のはずだ」

木の枝を杖《つえ》にして、雪に隠れた岩場をつつきながら先へ進む。足を滑らせれば即滑落するほどの傾斜ではないけれど、怪我《けが》を負ってしまえば村に戻れなくなるから、ベルカントの歩き方が徐々に慎重になっていく。ハイリはひたすらベルカントの足跡をなぞっていった。脇見をする余裕はなく、景色の変化を楽しむどころではなかったが、歩き続けていれば、見たことのない世界を見られる気がした。

「着いたぞ、ハイリ。最高の眺めだ」

立ち止まったベルカントが笑顔で片手を差し出すのに、躊躇うことなくその手を握った。力強く引き上げられて乗った大きな岩は台状に突き出していて、腰が退《ひ》けそうになりながら握った手を支えに岩の先を見た。

「すごい……」

上がった息と緩やかな風の音を聞きながら、見つめた先には広い大地があった。家々が集まる村、緑と茶色の入り乱れる森、水面が揺れる内海。晴れた空に照らされた、広大な平野に、雲の影がくっきりと落ちている。地図でしか知らなかった広大な地を目下に眺める快感は、言葉にできないほどの高揚をハイリに教えた。

「これほどきれいに平野が見渡せるのも珍しい。適度な標高と、開けた視界と、吹雪のあとの澄んだ空気が合わさって初めて見られる、とっておきの景色だ」

山脈の色々な角度からの眺望を知っているベルカントも唸《うな》る、美しい景色だった。上がった息の合間に感嘆の溜め息をついたハイリは、ベルカントの手を握ったままだったことに気づく。

立っているのに支えが必要なわけではない。けれど、手を離そうとは思わなかった。

「山は、良いところだろう？」

「ああ。素晴らしい場所だ」

まるで世界を一望しているような気分だ。帝都から旅した距離ほどは見えていなくて、目下に広がる世界は地図に円を描くとすればほんの小さな点になる。でも、そんな理屈は、青空に照らされた大地がはるか遠くの地平線まで続いている迫力の前では思い出すにも値せず、ただただ広い世界を眺める清々《すがすが》しさに包まれた。

「この岩の先に立つ勇気もないし、足元が不安で動き回ろうとも思えないのに、なぜか、とても自由だと感じる」

翼があれば羽ばたいていけそうなくらい、目に映るどこにも遮るものがない。山の一部になったようで、空に溶け込んでいるようでもある、不思議な感覚が全身を血とともに巡って、防寒具を着こんでいて重いはずの身体を軽くする。深く息を吸い込めば、空の匂いがわかる気さえした。雄大な景色に興奮して、同時にとても癒《いや》される。

感動はうまく言葉にできなかった。何かを言わなければならないとも思わない。ベルカントの手を握ったまま、初めて味わう高揚感に浸っていると、背後でベルカントが座った。握っている手を引いて、ハイリも座るよう無言のうちに勧める。膝を立てた脚のあいだに座り、胸に背中を預けると、二人まとめて毛布で包まれた。じっとしていると体温を奪われていくばかりだから、冷えてしまう前に二人ともを温めておくのだ。

「寒さも忘れて感じ入っていたよ」

「好条件が重なっていて、本当にきれいだ。村の者も羨《うらや》むかもしれないぞ」

ベルカントがそこまで言うなら、本当に幸運だったのだろう。雲の形が変わって、地上の影が一緒になって変わっていくのを、ゆったりとした気持ちでしばし堪能《たんのう》した。

「いつまで眺めていても飽きない」

独り言ちるように言ったとき、毛布の外に出ている足先が冷えはじめていることに気づいた。思わず足を引き寄せると、背中がベルカントの胸により深く沈み込む。甘えているように感じたのだろう、ベルカントが肩に顎《あご》を乗せてくる。そして、何を思ったか、ハイ

リの首筋に鼻を当て、大きく息を吸った。

「えっ、ちょっと、よさないか。昨日は、風呂《ふろ》に入っていないんだぞ」

匂いを嗅ぐという行為が恥ずかしくて、身体を前に倒して逃げようとしたが、両腕で抱えられて失敗した。

「今くらいがちょうどいいじゃないか。ハイリのことがよくわかる」

服越しに唇を感じた気がして、とてもいやらしいことをしている気分にさせられる。ベルカントはハイリの肩口に顔を寄せているだけで、決してみだらな行為を仕掛けているわけではない。なのに、率直な欲求を五感が察知したような、おかしな感覚に陥った。

「匂いってのは、侮れないものだ。視覚も聴覚もきかないような状況でも、匂いを頼りにすれば前に進めて、帰りたい場所に帰れるんだ。ハイリの匂いを知っていたら、どこでどんな状況でも、いつか必ずハイリのところにたどり着く」

これも、山で仲間とはぐれないための知恵なのだろうか。ハイリよりずっと遠くが見えるベルカントには、より多くの匂いが判別できても不思議ではない。しかし、獣のようにはるか遠くから匂いをたどることなんて、本当にできるのだろうか。

「そんなに遠くから、対象の匂いがわかるものなのか」

「俺は人も獣も同じだと思ってる。感覚が鋭くて、力が強ければ生き残る。縄張りを主張したり争ったりするのも同じだろう。人の場合は何倍も複雑だが、突き詰めれば同じだ」

「ベルカントは、役に立っているかと私に訊《き》くが、それも何か関係があるのか」

幾度か訊かれて、気になっていた。人の役に立つことに、感覚に訴える何かが秘められているのか。振り返ると、自信に満ちた笑みが返ってくる。

「いつだって選ばれるのは、役に立つ雄だ」

生存競争の極みのようなことを言われ、雄同士なのにどきりとした。

「子孫を残す上でのことだろう。ベータの同性とでは成り立たないではないか」

「人間は複雑だからな」

今度こそ服の上から唇が押し当てられて、肘《ひじ》で脚を突いてやった。超人的な感覚に尊敬の念を抱きかけていたというのに、台無しだ。

ベルカントはしばらくふざけたままで、ハイリの肩や腕をつついてきた。これ以上調子に乗らせないよう無視を決め込んでいると、大きく息を吐いたベルカントが、低くて、苦いものを我慢するような声を放つ。

「発情の匂いは、一度だけ嗅いだことがある。アルファかどうか調べた日だ」

ハイリも経験した、第二の性の判別。発情したオメガのそばに行き、あてられるか否かでアルファとベータを判別する、成人するころに皆が通らねばならない道だ。

「発情にあてられるのは、正直に言うと不快だった。食いたくないものを口に突っ込まれて、無理やり食べさせられるのと似ている。頭が痛くなって、身体が重くなって、捕まったみたいにうまく動けなくなる。頼りにしている感覚をすべて奪われるようで、気味が悪くて仕方がなかった」

　感覚を最大限に活かして生きているベルカントにとって、その感覚を奪われ、本能的に支配されるのは恐ろしくてたまらないことだ。判別のために、見知らぬオメガの発情にあてられて、やり場のない欲求と恐怖に苦しむベルカントを想像して、胸が痛んだ。

「オメガの発情は獣を呼び寄せると信じられてきたから、メサティアではオメガが早く番えるようアルファを選ばせる習慣がある。選ばれたアルファは断れない。オメガだって、気が合いそうなアルファを選ぶだろうし、選ばれるってのはアルファにとってもいいことなんだとは思う。ただ、俺からするとオメガは怖い。感覚も自由も奪われるみたいで、怖いんだ」

　アルファだからといって、遠ざけようとしたことを少し後悔した。アルファ性は稀少な精鋭の性で、歴史に名を残す者、つまりはエフタンと同じで人々を魅了し崇《あが》められる者だという印象ばかりが先行して、アルファが抱える葛藤《かっとう》の存在など考えたこともなかった。

「アルファに権力が偏る国が多いのに、メサティアではオメガに主導権があるのか。しかし、何度か選ばれる機会があっただろうに、ベルカントが選ばれなかったのは意外だな」

　あえてメサティアの特徴についてだけ言ったら、ベルカントはなぜか随分と気を良くしてハイリの両腕を撫でる。

「そう、意外だろう。でも、選ばれずに済んだ。ハイリと出逢《であ》う運命だったからだな」

一番の戦士と自負しているくせに、ハイリが意外だと言ったのをやたらに喜んでみせる。どこまでも前向きな男だ。

「そうやってすぐに調子に乗るから、選ばれなかったのではないか」

「ハイリの前でだけだ」

「近衛隊の兵舎で、おだてられて調子に乗って、裸を見せびらかしていたくせに」

「戦士は、鍛えた身体を見せろと言われたら断らない」

「そんな不埒《ふらち》な戦士の掟があってたまるか」

一蹴《いっしゅう》すると、ベルカントは豪快に笑った。

「近衛兵舎にいたのは、ハイリが近衛兵だったころの話が聞けるからだ。一緒に入隊した何人かが残っているだろう」

「私の話？」

パシャになるまで約四年、近衛隊に配属されていたが、毎日エフタンの供をしていたから同僚とはあまり関《かか》わらないままだった。どんな話をされているのか、想像もつかない。

「親衛隊に入れないわけにいかないから、仕方なく近衛隊に配属されたとか、そんな話だろう」

「いや、逆だ。仕方なく配属されたとハイリが思い込んでいるのを、不思議がっていた」

思い当たることがないわけでもなく、言葉に詰まった。

近衛隊において、自分の容姿を寸足らずと感じたことはなかった。ただ、自分を秀でているると評価することがないのだ。苦手と言ってもいいほど、自賛ができない。そういう性質なのだろう。

いつでも前向きなベルカントとは対照的だ。よくこんな自分に好意を抱いたものだと思う。

「あとは、ハイリのおかげで、近衛隊を去ったあとも方策を立てる仕事に就いて出世する希望が持てるようになったと。ハイリがパシャになるまで、近衛兵は軽視されがちだったそうじゃないか」

これはハイリも感じていた近衛隊の変化だった。ただ時代の変化であって自分がきっかけになっていたとは思っていなかった。

確かに、近衛兵だったハイリはエフタンのお気に入りというだけでは叶わない戦術を立てた。それが近衛兵の印象を変えたなら、素直によかったと思える。

「歳を重ねると頭脳労働に切り替えていくのは、どんな職にあっても同じだろう。私はたまたま、派手な出世をしただけだ」

口から出たのは素直さの欠片《かけら》もない言葉だった。ベルカントは、予想どおりの反応だと言わんばかりに、ハイリの首元に鼻を当てながら小さく笑った。

「そういえば、帝都は本当に見えるのか？　私の目には見えないだろうけど」

「俺にも見えない。ただ、あの地平線のところ、うっすら濁って見えるのが、帝都付近のはずだ」

「濁っているのか」

「たぶん、煙突の煙だ。宮殿だけでもあれだけの煙突があって、周りも家や店が密集している。寒くなってくると薪《まき》を多く燃やすから、その煙で濁って見えるのだろう」

「山の空気が澄んでいるのは、てっきり雪が関係しているのだと思っていたが。普段その濁った中で暮らしているからだったのだな」

「雪も関係しているはずだ。雪が降ったあとの晴れの日は、いつもより空気が澄んでいる。……うん？」

　遠くの何かに気づいたベルカントは、姿勢を低く保ったまま毛布を出て、岩の先のほうへ移動した。

「あれは、人の集団が移動しているのではないか」

　ベルカントの指差す先を見るべく、ハイリも岩の先まで動いた。望遠鏡を使ってベルカントの視線の先を見るも、はっきりとは見えなかった。

「内海に沿って南下している。あれは、橙色《だいだいいろ》の旗？　ワロキアの旗ではないか」

「ワロキアの旗？」

眺めていた平野は、四つの国が国境で接している地勢的に重要な地点だ。アルスマン帝国、メサティアと北の大国に加え、北の大国とのあいだに南北の国境が走り、帝国と内海を挟んで隣り合っているワロキア王国がある。メサティアの西端は帝国と北の国に阻まれるかたちでワロキア王国とは接していないが、内海沿いにワロキアの領土が南に向かって細く伸びていて、帝国とは数キロだけ国境が接している。そんなワロキア王国を、旗を掲げて移動する集団があるとすれば、間違いなく王国軍だ。内海沿いを南下しているのなら、目的は帝国のはず。それも、穏便な用ではない。

「見えた。ワロキアの軍勢に間違いない。向かっているのは、帝国だ」

頭から背中までを、氷の剣が貫くような緊張が走った。帝国より北のワロキアは気温も低く土地も肥沃《ひよく》ではないため、歴史上何度も南下を試み、この国境線を変えようと画策してきた。

「国境に兵を向かわせなければならない。今すぐ山を下りないと」

「わかった。まず村に戻ろう。焦るなよ、ハイリ」

確実に村に戻って、ワロキア兵の移動を知らせなければならない。村には警備兵が待機しているはずだから、ハイリたちが村に到着さえできれば、そこから帝国に火急の知らせを届けられる。

しかし、ワロキアからの宣戦の兆候があるような連絡は受けていなかった。エフタンが即位後にガラチ攻略に成功したからか、この十年は友好の道を探っているようですらあった。来た道を戻るベルカントの背を追いながら、急な行軍の理由を推測する。

「私の不在を狙ったか」

頭の中を整理するため、仮説を声に出せば、ベルカントが振り返った。

「俺と旅に出たからということか」

「パシャの私と、一番話題のベルカントが旅に出ることは、宮殿中が知っていた。宮殿には常に異国の客人がいるから、国外にまで伝わっていてもなんらおかしくはない。それに、出発直前まで南へ旅をする予定だった。もし私が今ごろ帝国の南部に居たなら、この国境線の急襲は対応が遅れ、ワロキアの有利になる」

あくまで仮説だが、当たっているだろう。状況を整理したくて口に出したが、これではベルカントに責任を感じさせてしまうことに気づいた。

「おそらく、ワロキアはずっと機会を窺《うかが》っていたのだ。それがたまたまこの旅だったというだけだ。だが、私はメサティアに来て山に登り、行軍に気づいた。帝都に居たら気づけなかったことだ。ワロキアが策略を練っていたなら、この旅はむしろ相手にとって不測の事態になる」

ベルカントが行き先を南からメサティアに急遽変更したことが、帝国の利になる。事実なのでそう言ったが、ベルカントは低い声で「そうか」と答えるだけだった。

一晩過ごした洞穴に戻ると、ベルカントは紙を持っていたら知らせを書くように言った。筆記用具は常に携帯している。すぐさまワロキアとの国境戦に備える指示を書き記した。

「もう少し進んだら、矢に結びつけて飛ばそう。俺たちが歩いて戻るよりも早く警備兵に伝えられる」

一分でも早く知らせたい。逸《はや》る気持ちを抑えるハイリのために、ベルカントは村まで矢が届く距離にたどり着くと、太い木に登り、そこから手紙を結んだ矢を放った。

「よし。村人が気づいたぞ」

あっという間に木に登り、下りてきたベルカントは、民家の屋根に落ちるよう射った矢に、村人が気づいたと教えてくれた。

「そんなに速く木に登る人を初めて見た。一体どんな生活をしていたら、ベルカントのように動けるようになるんだ」

ベルカントのおかげで落ち着いて行動できている。あえて他愛《たわい》ないことを訊いたら、驚きの答えが返ってくる。

「俺は木登りが好きだったから、用がなくてもよく登っていた。道に迷ったときと、狼から逃げるときには役に立つ。熊と豹は登ってくるからだめだが。あとは、ときどき崖を登ったりしている」

「なぜ崖を登るんだ」

「近道だったら登ることもある」

「近道……」

移動距離を短縮する目的で崖を登るとは。存在することすら知らなかった類《たぐい》の筋肉まで鍛えられている身体を思い出すと、妙に納得してしまった。

冷静を保ちながら、雪の中をひたすら歩いていく。村が見える地点にたどり着いたとき、ベルカントが村の下を指差した。

「今、警備兵が馬で下りていくのが見えた。連絡は帝国に届くはずだ」

「ありがとう。ベルカント。今は村に戻ることに集中するよ」

国境の防衛は、ハイリが指揮を取ることになる。ここで焦って怪我をしている場合ではない。

半時ほど歩いて村に戻ると、村人はハイリを案じて、出発の準備を整えてくれていた。

「無事でよかった。昨日は心配したぞ」

「戻らなきゃならないんだろう。荷物はまとめておいたよ。水と食料も」

村人たちは、ハイリの身を案じていた。まるで村人を戦地に送り出すように、口々に神の加護を祈り、道中の安全を願ってくれる。

「北の動向に注意してほしいと、王陛下に伝えてもらえないだろうか」

「伝えておく。見える限り、すべての国境を監視しておくよ」

力強く約束してくれた村人たちにスープを飲ませてもらっていると、ベルカントも出発の準備をしようとする。

「今から行けば、馬車を停めている村までなら問題なくたどり着ける」

「ベルカントは来てはだめだ」

「近くまで送っていくだけだ。まずは帝国側の村まで、確実に到達しなければならないだろう」

笑ってみせるベルカントだったが、静かな闘志が、胸の奥で燃えているような気がしてならなかった。

その不安は一旦頭の隅に寄せ、帝国へと下山する。村人に見送られ、馬を歩かせはじめてすぐ、ベルカントが一緒でよかったと思った。

「このあたりも雪が降ったのだな」

「ああ。そのうち帝国側も内海のそばまで雪が積もる」

山道は雪に覆われていて、陽光が雪に乱反射するせいか、吹雪でもないのに方向感覚が鈍ってしまう。ベルカントの先導のおかげで、警備兵が馬を走らせた痕跡《こんせき》をたどって山を下りていけた。

「隣村に連絡員を集める指示は、伝えてくれたか」

村に到着すると、村長と警備兵が待ち構えていた。矢に結んだ手紙で伝えたのは、ワロキアの行軍と、もう一つ隣の村に連絡員を集めること。そこから火急の知らせを拡散させるつもりだ。具体策はハイリの頭の中にある。

ここからは馬車に乗り、指定した隣村へ直ちに向かった。ベルカントと二人、車内でメサティアの村でもらった食糧の包みを開くと、エキメッキとチーズ、そして少量の干し肉が入っていた。

「貴重な食糧のはずなのに、こんなに包んでくれたのか」

チーズを噛《か》むと、素朴な味がした。慌ただしく訪れて去っていったハイリを歓迎してくれた村人の、おおらかな笑顔が脳裏に浮かぶ。

「交戦となれば私が指揮を執る。だが、ベルカントは、絶対に戦場に来てはならないよ」

不敗の王国メサティアの人々は、もっと好戦的だと思っていた。だが実際は、厳しい環境に反してとても明朗で、親切だった。そんな国を代表して現れたベルカントを、関係のない争いに巻き込んではならない。しかし、ベルカントはワロキアとの国境までついてくると言って聞かない。

「必ず交戦するとも限らないだろう。予想以上に早くハイリが現れて、尻尾《しっぽ》を巻いて逃げていくかもしれない。どう転んでも、俺は俺で宮殿に荷物が置いてあるから、戻らないわけにはいかないんだ」

帝都へ戻る道すがら、といった口調のベルカントの本心を、問いただす余裕はなくて、連絡員が集まっている村へそのまま向かった。

そこからは、近隣駐屯地から急いで兵を集め、帝都へはワロキア軍の接近と親衛隊と武器等の要請を最重要の知らせとして送った。すべてを集結させるのは、ワロキア国境に近い小宮殿だ。皇帝一家の別荘である小宮殿は、国境から最も近い大規模な集住居のため、有事の際は軍拠地、療養地として使われることに決まっている。

本来なら皇帝に可否を確認すべきだが、すでに決定事項として方々に連絡をしている。エフタンがハイリの作戦に異を唱えることはおそらくない。ハイリ自身も、作戦立案には自信がある。ただしこの自信は、己を誇ることとは直結しておらず、むしろ、効率的に敵を打ちのめす策を思考できてしまうことに自己嫌悪している。しかし、エフタンを最も理解し、誰よりも忠実でいると心に決めたのも自分だ。パシャとして為《な》すべきことを実行する。

その日のうちに小宮殿まで移動し、常駐の管理人や召し使いなどに兵と物資の受け入れ準備を指示した。早ければ明日の午前には近隣の兵が集まりはじめる。

朝一番に送る手紙を揃《そろ》え、食事と入浴を済ませると、早々に寝台に入った。昨晩は洞穴で過ごしたうえに、今日は緊迫した心持ちで一日中移動していたから、自分でも思った以上に疲れていた。

小宮殿にはもとからパシャの部屋がある。ただ、エフタンの即位後、この小宮殿は使っていないから、執務室も即席の感は否めず落ち着かない。それでも、初めて使う寝台の上で目を閉じ、身体を休めることに集中する。明日からはこうして気を休められる日もないだろうから。

ベルカントも客室で寝て、朝はすっきりした顔で起きてきた。一緒に朝食を済ませた後は、ハイリはひたすら指示を出し、方々からの返答を読んでは返事を書いた。

二日経つころには最低限の兵が集まった。ワロキア軍は歩兵を中心に移動していて、やはり目的は帝国だ。おそらくこの小宮殿を狙っていて、国境まではまだ三日はかかると予想される。

帝都からの最速の連絡では、正式な宣戦はされておらず、ワロキア軍はまだ奇襲に望みをかけているのだろう。

国境を越えたところで設営し、そこを主戦場にすることを決めた。ワロキア側に入ってしまうのは、交戦を確実にするためだ。ここで侵攻計画を挫かなければ、後に何年も、下手をすれば何十年も、いつ仕掛けてくるかわからない敵に神経を削ることになる。

ガラチ攻略戦では脇腹を突くような侵攻をしたが、今回は迎え撃つのみ。敵の兵が農民だろうが商人だろうが、志願して来ているからには兵士だ。ハイリの胸には前回ほどの呵責はない。

何より、誰よりもエフタンに忠実であると誓った。与えられているパシャとしての権限と、己の知恵を最大限に活かし、必ず敵を撃破する。何人《なんぴと》たりとも帝国の形は変えさせない。皇帝の縄張りを荒らす邪魔者は絶対に許さないのだ。

帝都からも親衛隊の精鋭が送られてくる算段がつき、今いる兵は国境戦の設営に向かった。ハイリはぎりぎりまで小宮殿に残り、騎兵や武器の調達を指揮する。

ベルカントはというと、ハイリの視界に入ることもなく、自由行動をしていた。正直に言えば、ハイリは陣頭指揮に手いっぱいでベルカントの存在も忘れそうなほどだった。ただ、夕食の時間には必ず現れて、料理の味を褒めていた。何を訊くわけでもなく、宮殿ほど手が込んでいるわけでもない料理を、ここがうまい、この香辛料がいい、と、楽しげに食べていた。

それが、ハイリの意識を食事に向けるためだったことに気づいたのは、戦線への出発前夜だった。どこに行ってきたのか、鹿を狩ってきたベルカントが、「うまいか?」と訊いたからだ。

どんな状況でも腹は減る。味わって感謝するからこそ、より良い栄養になる。ハイリが見落としてしまっていた、食べるという意味を、思い出させてくれた。

「うん。うまい」

「ハイリがうまいと言うのが好きだ。いつもの澄ました話し方も魅力的だけど、うまいものはうまいって、感じた瞬間に声にするのが、またうまいんだ」

ベルカントは、生命力を感じさせる食べ方をする。出逢って間もないころに一緒に食事をしたときに思った。強く生きるために、臆《おく》することなく食べることこそ、この男の胆力なのではないかと。

しかし、ベルカントがどれほど強くても、ハイリを慮《おもんぱか》ってくれようと、その強さが活かされる戦場には、どうしても連れていけない。

「戦線に立たせるつもりはない」

「俺は一人で百人ぶん働ける。ハイリだってわかるだろう。俺を使わない手はないと」

帝国の弓を使えば、ベルカントはまさに最強の弓兵だろう。鉄砲より射程距離が長い弓は、体力の消耗が激しいため連打ができないが、ベルカントなら十人ぶんの働きはするだろう。これ以上頼りになる戦力はない。

けれどハイリの心は、ベルカントに万一のことがあったら耐えられない。やっと気づいた。

否、本当は最初から、この男が気になって仕方がなかった。でもアルファは、オメガに夢中になると二度とベータの自分を振り返ることはないから、好きになりたくなかった。

それでも好きになってしまったから、戦地には送れない。自分の命でベルカントが怪我を一つでも負ったら、自分を一生許せない。

「少佐の位をもらったとき、役目は果たすと皇帝に約束した。皇帝だって俺は戦うと思っているさ」

ハイリが責任を感じないように、なんとか説得しようとするベルカントを、止められる気がしない。止められるとしたら、ハイリの胸にある好意を打ち明けて、泣き落とすくらいだろう。けれど、大切だから行くなとは言えない。戦場に立つのは皆、誰かの大切な人だから。

「なぜお前は、私の話を聞かないんだ」

「聞いているさ。でも俺は、俺の心の声に、一番に従う」

自分の生き様に自信と責任を持つ。そのためには人の指示を聞いているだけでは足りない。固い意志が本当に強い男にする。ベルカントの強さは、ハイリの胸に生まれた感情とは、相容《あいい》れないのだ。

ベルカントを引き留める術は見つけられず、翌早朝、ハイリはベルカントを含め、集まっている兵力を総動員し、国境戦へと出立した。馬車で移動するハイリと、ベルカントは同乗しようとしなかった。

ワロキア軍は今日中に国境に着き、帝国軍が設営した天幕を見て慌てて設営することだろう。なにせ帝国軍はワロキアの国土に陣を張っているのだ。

「ワロキアから宣戦布告があったとの知らせが」

一昨日の夜、帝都の宮殿に届けられた宣戦布告の文について、早馬がハイリを追いかけて知らせにきた。早馬による連絡網を帝国中に張り巡らせていても、この時間差が限界だ。確実に届けてくれた連絡員に礼を言い、エフタンからの正式な出征命令書を呼んだハイリは、開戦に向けて精神統一を図る。

大至急立てた作戦が、最大限の効果を発揮するように。帝都から親衛隊が到着するまで、手元の戦力で少しでも勝利に近づき、敵の体力を削がなければならない。使える手はなんでも使う。選択肢はあまりないが、明日の朝、宣戦の大砲が鳴るときには、迷うことなく敵を倒していかねばならない。

国境を越え、設営地点に到着すると、大砲の飛距離の二倍先にワロキアが本陣を張っていた。

「日が傾いてきたから、急いで天幕を張っているな」

馬車を降り、相手の様子を窺うため望遠鏡を取り出していると、馬から下りたベルカントが言った。裸眼でワロキア兵の服装の詳細まで見えてしまうベルカントに緊張した様子はなく、淡々と敵兵の数を数えていた。

ハイリは本陣の天幕で、ベルカントが観察した兵数や大砲の数から敵兵力を推測し、作戦を決定した。将官とベルカントを呼び、明朝の開戦に備えて作戦を伝える。

「最前列に銃兵、銃兵が守るかたちで真後ろには弓兵、歩兵の順に並べます。ベルカント・サリ少佐は弓兵として中心に。銃兵十人で正面からの攻撃を防いでください」

戦場に来たからにはベルカントにも戦ってもらう。それも最前線だ。安全な場所で燻《くすぶ》らせたら、何を仕出かすか予測できない。それなら、最前線で身を守りながら、ハイリの作戦に必要不可欠な攻撃をしてもらう。

「銃兵を十人も、一人を防御するために配置するのですか」

周辺地域出身の小隊長がおそるおそる訊ねるのに、ハイリは冷静に答える。

「サリ少佐は一人で百人ぶんの戦力です。十人で防御しても戦果が上がるでしょう」

この小隊長を含め、ベルカントの演習での様子を知らない者は皆、不安そうだ。

「銃の有効射程距離は百程度、帝国軍の弓矢は三百以上です。銃弾は二百の距離を飛べば威力をなくして落ちるだけですが、弓兵は銃兵の後ろから矢を放っても、敵に損害を与えることができます。敵の銃兵を、射程距離に入ってくる前に弓兵隊が可能な限り倒すのが作戦の肝になります。その弓兵の中で、最高の戦力がサリ少佐です」

銃火器の発展で、弓兵は戦略の隅へと追いやられていた。しかし、十年前の矢の雨作戦で、弓兵の有効性は再認識されるようになった。帝国においては銃兵よりも信頼にあたると、ハイリは考えている。自信を持って言えば、小隊長たちは十分納得した様子で頷いた。

銃は、発砲すると白煙を上げ、視界が遮られるという弊害がある。また、今の技術では弓以上の精度をもった銃は作れない。帝国の弓は特殊で、数十年かけて乾燥させた木を使用して作られる。量産できず、また銃火器の台頭により職人が減ってしまったため、急に弓を増やせないところが短所であるが、ハイリからすれば、銃よりも確実に敵を倒す精鋭部隊は弓兵隊だ。

それに、銃には、弾をこめずに発砲したり、狙いを外して発砲したりしてもはた目にはわからないという欠点がある。敵であっても、人に銃口を向けることに抵抗を覚えるのは人間の性《さが》だからだ。しかし弓は、矢を放ったかどうか一目瞭然《いちもくりょうぜん》だ。兵士の命令違反はほとんど起こらない。矢の雨作戦では、相手が見えないところから、狙いを定めず大量に矢を放ったため、弓兵の精神的負荷は軽く済んだ。

しかし今回は、正面から狙う。特に視力の良いベルカントは、正確に敵の位置を捉え、狙いを定めることになる。生きるために狩る獲物に矢を放つのとはわけが違う。わかっていてベルカントを最前線に置こうとする自分は結局、無慈悲な軍師以外の何者でもないのだ。

「一日で終わる戦いではありません。弓兵隊には連日、先制攻撃を仕掛けてもらいます。体力に限界がきたら速やかに本営に戻り、休んでください。白兵戦は銃兵、歩兵が挑みます」

白兵戦は死傷率が圧倒的に高い。一番遠くから敵を狙う弓兵隊は、盾さえあれば最も安全だ。弓兵を白兵戦から外すのは、ベルカントを無事に帰すためでもある。

作戦を伝え終えると、兵士に食事を摂らせた。ハイリも一緒に、同じ鍋から汁煮を食べる。膝を交えることで、危険な戦場に一緒に立つという連帯感を示すのだ。皇帝不在のまま開戦するこの戦いでは、ハイリが全兵士の拠《よ》り所《どころ》だから。

夕食が終わると、速やかに寝床に就く。休めるだけ休んで、早朝に備えるのが勝利への第一歩だ。

ハイリは、自分専用の天幕で休む。ベルカントも呼ぼうか迷ったが、明日一緒に戦う将官たちと一緒に寝てもらうことにした。連帯感は勝因に大きく作用する。

どうしても気が立ってしまうのを落ち着けようと、ハッカ湯を作った。天幕の中央に置かれている真鍮《しんちゅう》製の炉で暖をとりながら、絨毯《じゅうたん》の上に胡坐《あぐら》をかいて、ハッカの匂いを肺いっぱいに満たす。湯を少しずつ飲んで、腹の内から身体を温めていると、天幕にベルカントが入ってきた。

「いい香りだな」

「ベルカントも、一杯どうだ」

ハッカ湯を勧めると、隣に胡坐をかいたベルカントは微笑んで茶器を受け取った。

「急な出征だったのに、これだけの野営と兵を揃えてしまうとは、さすが帝国のパシャだな」

パシャの天幕には、絨毯や陶磁器まで準備される。本来なら机や長椅子《ながいす》といった家具まで運び込まれ、戦闘が数か月に及んでもよいように住環境が整えられるが、武器と人の移動を最優先にしたため、寝具以外の家具は断った。それでも、ハッカ湯を上品な茶器に注《つ》いだから、ベルカントは贅沢に感じたようだ。

「ワロキアはアルスマン帝国の建国以来、何度もこの国境線を書き換えようとしてきた。どれほど友好的な態度を取ろうと、警戒してきたのが役に立った。貿易路は有事の際の補給路だ。維持費が高いから、重臣の中には多少手を抜いてもいいと言う者もいるが、今回のことで、道路について改善以外の議論はせずに済むようになりそうだ」

わざと戦闘から話を逸らした。茶器を口元にあてがって、香りで自分を誤魔化《ごまか》そうとするけれど、どうしてもベルカントを戦闘から遠ざけたくて、落ち着かなくなる。

「ベルカント――」

「やめてくれよ。俺は俺の意思でここにいる」

ハイリが引き留めることなどお見通しと言わんばかりに遮られた。やはり説得はさせてもらえない。諦めきれないけれど、険悪にだけはしないよう黙ったハイリに、ベルカントは静かに言う。

「ただ一つ、自分の意思でここに来たが、命がけなのは変わらない。だから、その……」

珍しく言い淀《よど》んだベルカントは、目を泳がせながら茶器を置き、指先で頬を掻《か》いた。そして意を決したようにハイリのほうへ向き直る。

「ハイリとくちづけがしてみたい。唇の感触を知らないままだと、きっと後悔する」

真剣な表情でハイリの双眸《そうぼう》を見つめたベルカントは、片手を差し出し、ハイリの頬を包む。くちづけを促すよう鼻先が寄せられて、ハイリは深く俯《うつむ》いた。

「生きて帰る自信がないなら今すぐメサティアか帝都に戻ってくれ」

唇を知らずに後悔するということは、もし命を落としたらということだ。くちづけをしたら、帰れない可能性を認めるようで恐ろしくなった。

「生きて帰るさ。約束する。だが、戦場は命がけだ」

どれほど強くても、ベルカントだって万一を考え、不安を抱えている。

だから何度も、ここへ来るなと言ったのだ。

「生きて帰れば、褒美にくちづけしてもいい」

何がなんでも無事に帰ってほしいから、褒美だなんて言っていた。自分とのくちづけにそれほどの価値があるのかは知らない。ただ、それでベルカントが危険を避けるのならと、必死だった。

くちづけをしなかった後悔は、させないでほしい。何度止めても戦場に立つと言うのなら、絶対に、無事でいると約束してほしい。

眉《まゆ》を深く寄せたハイリが喉元《のどもと》で留《とど》めた本心を、ベルカントは静かに読み取っていた。ハイリの葛藤を噛みしめると、ふうっと息を吐いて背筋を伸ばす。

「待つのはいいが、待っただけ褒美は増やしてもらわないと。あまり待たされたら夜這《よば》いにいくぞ」

くちづけを求めるのにも照れていたくせに。冗談口調で夜這いだなんて言ったベルカントは、いつもの調子で笑っていた。

「構わない。無事帰ったら、褒美を取りにくるといい」

自分と褥《しとね》を共にすることが無事に帰る動因になるなら、易《やす》いと思った。好きなだけ抱けばいい。引き留めることが叶わないなら、生き延びたくてたまらなくするしかない。わざと蠱惑的《こわくてき》に微笑めば、ベルカントはいやらしい笑みを浮かべた。

「俄然《がぜん》やる気が湧《わ》いてきた」

自分の不安を消し去るためか、ハイリの不安を和らげるためか。おそらくその両方だろう。ベルカントはなんの変哲もないハッカ湯をやたらに褒めて飲み干して、天幕を出ていった。

日が昇るより早く汁煮が炊かれ、日の出とともに供された。黒の軍服に赤の腰帯を巻き、額の部分に薄い金属板が仕込まれた帽子を被った兵は、ハイリの号令を受け、隊列を成し配置につく。

「ベルカント」

帝国軍の軍服を着たベルカントを呼び止めた。中着や指の出た手袋、長靴は使い慣れたメサティアのものを身に着け、共闘のための完璧《かんぺき》な装いになっている。

「どうだ、似合うか？　俺の国でも戦うときは黒を着る。強い戦士には赤い刺繍《ししゅう》が許可されるが、たっぷりした腰帯が赤だから随分と勇敢になった気分だ」

同士討ちをしてしまわないよう、軍服は必須である。ベルカントは、今まで見たどんな兵士よりも美しく軍服を纏《まと》っていた。

感嘆と、罪悪感が胸の中で入り乱れる。短い息を吐いたハイリは、緊張と不安、攻撃性をすべて隠し、努めて冷静に作戦を確かめる。

「百人ぶんの戦力を期待している。まずは、帝都からの補給がくる三日後まで、安全圏から絶対に出ないで撃てるだけの敵を撃ってくれ。これは作戦の要だ」

「わかっている。ハイリの期待どおりの働きをしてみせるさ」

ベルカントができるだけ安全でいられるように、作戦を立てたことは否めない。だが、百人ぶんの戦力を期待しているのも、三日後の補給まで必ず無事でいてもらわなければ困るのも本当だ。

「敵が大砲の弾を込めているところまで見える。撃たれそうになったらわかるから安心しろ」

四百の距離の先にある大砲と、砲撃手が望遠鏡なしに見えているとは。やはり驚異的で、だからこそ長期戦になった場合に備えて、安全を確保しておきたい。

「危険を避け、疲れたら休むことが、結果的に私の役に立つ。覚えておいてくれ」

「必ず守る。案ずるな」

口角を上げる余裕を見せたかと思えば、真剣な表情になった。

「加護をくれ」

そう言って、ベルカントは軽くしゃがんで片膝に両手を置き、ハイリの前に額を差し出した。

「王が戦士の首と両頬を撫でて、額にくちづける。これがメサティアで戦士に与えられる加護だ」

不敗の王国メサティアの、最強の戦士が求める加護なら、きっとベルカントを守ってくれる。ハイリは心の底から守護の祈りをこめる。

「神のご加護があらんことを」

ハイリとベルカントの信じる神は違う。だが、守護を祈る心は同じだ。

首と頬を撫で、額にくちづけると、ベルカントの瞳に静かな闘志が燃えるのが見えた気がした。

「必ず勝利する」

これ以上ないほど真剣に、低い声でそう言いきったベルカントは、紛れもない闘士になっていた。帽子を被り、隊列の持ち場へと躊躇いなく向かう背中に、憂いや不安は欠片もなかった。

ワロキア軍も隊列を組んだ。銃兵隊、歩兵隊、騎兵隊の順に並んでいる。正攻法と呼んでいい。その後ろには大砲だ。ハイリの予測では、ワロキアの大砲は照準を犠牲にして距離を飛ばそうとする。こちらの兵を無差別に倒す、厄介な戦法をとるだろう。対策は、敵の大砲周辺を狙って帝国軍の砲を撃つことだ。改良を重ねた新型は射程距離が飛躍的に向上している。敵の大砲を無力化して、一気に敵の士気を挫くのだ。

睨み合いが始まった。双方相手の出方を見るのは当然のことだ。しかしハイリは、警戒しているふり程度の睨み合いだけで、先制するつもりでいた。

「砲撃用意」

高く打ち上げるかのように準備した砲を下げ、ワロキアの大砲をめがけて一斉に発射した。真鍮製の大砲は曲げてしまえば使いものにならない。成果は上々だ。土煙の中に見えるワロキアの大砲は、土台が完全に崩れ、発砲できなくなっている。

銃兵が前進してくる。発砲音と白煙は確認できるが、弾はこちらの兵に届く前に地面に落ちている。届かないとわかっていて威嚇《いかく》で撃ったのか、射程距離もわからない銃を持っただけの素人兵なのか。砲弾を撃ち込めば、背水の陣がごとく敵が迫ってくる。

「弓兵隊用意」

銃兵の隊列の後ろで弓兵が前方に向かって弓を引く。ベルカントが最初の一矢を放ち、他の弓兵が続く算段だ。小宮殿でハイリが忙しく走り回っているころ、ベルカントはエフタンから譲り受けた帝国式の弓を使って練習を重ねていた。もとからの技術を合わせれば、誰よりも的確に、遠くまで矢を射る。

ベルカントが弓を構え、弦を引いた。砲撃による土煙を背に走ってくる敵兵はまだ小指の先ほどなのに、躊躇うことなく矢を放ち、命中させた。一人倒れたのを合図に、他の弓兵も弓を構える。敵が発砲を続ける中、一斉に矢を放った。

何人もが倒れていく。銃弾も当たらない距離から矢で撃たれるなど、ワロキア軍はまったく予想していなかったのがわかる。矢の雨作戦の軍師ハイリ・カディルは南へ旅行に行っているはずだったから、時代の主流である火力戦を想定していたのだろう。

「弓兵隊と砲撃で、前進してくる兵をなぎ倒すのです」

後ろから指示を出すハイリは、黒のカフタンに金の帯をつけている。最高位の軍師にだけ許された色だ。戦場で黒と金を纏う者の命令は、絶対に遂行される。

作戦どおりの指示を出し続けた。帝国の弓は世界最強だが兵が疲労するのも早い。半日経つまでに弓兵の勢いは失われたが、最初に敵の大砲を潰したことで、負傷者をほとんど出さずに初戦は優位に終わった。

翌日、翌々日も、補給がなかったワロキアは銃撃戦から白兵戦へ持ち込むしかなかったが、帝国軍は大砲の威力を保ち、弓兵隊も活躍した。特にベルカントは、他の弓兵の三倍矢を射ることで、敵に恐怖心を植えつけていった。

銃兵は火薬と弾を温存できており、盾の役割も見事に果たしている。急いで持ってきた大砲は、弾が残り少なくなってきたが、明日の補給で勢いを取り戻せる。

またしても帝国軍が優位に終わり、ワロキア軍を追い詰めている状態だ。しかし、ここからが真の難局になる。ハイリが指揮を執っていることにワロキアは気づいたはずだ。敵将は名を上げるためにも、なりふり構わずハイリたち後衛を狙ってくるはず。

翌日の作戦を伝えるため、将官とベルカントを呼んだハイリは、徐々に敵との距離が詰まり、白兵戦になるだろうと伝えた。

「我らが圧倒的に有利です。明日、形勢はほぼ固まるでしょう。もし敵が白旗を上げても、攻め続けてください。手を抜いてはなりません」

ハイリが言いきるのに、全員が困惑げに目を泳がせた。白旗は帝国でもワロキアでも、他のどこの国でも降参の意だ。降参した敵は、本来なら捕まえても攻めないものである。

「降参した相手を攻め続けるのですか」

一人の小隊長が遠慮がちに訊くのに、ハイリは自信を持って答える。

「二百七十年前、ここで同じように国境戦がありました。ワロキアは白旗を振っておきながら、帝国軍が攻撃を止めたところに反撃してきました。当時と現在の王家は変わっていますが、ワロキアの本質が変わったとは思いません。白旗は信用できないのです」

「二百七十年前……」

若い小隊長には古い歴史に聞こえたのだろう。が、別の裏づけもある。

「約百年前にも他国に対し同じ手を使っています。二百七十年前、我ら帝国軍は苦戦を強いられたものの勝利しましたが、他国は罠《わな》に陥り負けています。前回のことで味をしめていることでしょう。必ず偽の白旗で混乱させてきます」

ハイリの真骨頂は情報量だ。絶対の自信もある。

「本物の白旗を振る余力も奪うまで、攻め続けます。二度と帝国に挑戦する気も起こらないように」

帝国に対し、争おうなどという気力が二度と湧かないほど徹底的に叩きのめす。非情なのは承知の上だ。自分一人の冷酷さで、未来に安寧が訪れるなら、ハイリはどこまでも非情な作戦を考え出せる。

軍師など必要とされない世であればいい。ガラチ攻略戦のあと、ハイリは毎日、何度もそう祈った。こうして引きずり出されない限り、融和を信念としてパシャの役目を果たしたかった。

「我々の進む先にあるのは勝利です。必ず、敵本陣を倒してください」

必勝を掲げ、士気を高めたハイリは、疲れが溜まりはじめている将官たちを一人一人労《ねぎら》って、しっかり休むよう声をかけた。指揮官との一体感は忠誠心を育む。皆前向きな表情で天幕を去っていく中、ベルカントだけは、どこか不満足げにハイリのもとに残った。

「明日はおそらく白兵戦になる。ベルカントは敵に近づかず、終結の日まで弓兵隊の要として安全を確保してくれ」

「それは理解した。だがさっきの言い方が気になった。敵本陣を狙うのはわかるが、作戦どおりだと、こっちの本営の守りが薄くなる」

「正面に主戦力がいるのに、どうして後衛の私たち本営を案じる必要がある？」

聡《さと》い男だ。直感か理屈か、ハイリの裏の作戦に気づいてしまったらしい。

「今夜は満月だ。空も晴れていて明るい。俺なら、月明かりがある今夜中にこの近くの森に兵を隠し、明日こちらの主戦力がワロキアの本陣へ向かった直後、森から本営に奇襲をかける」

ハイリが予測しているワロキアの動きと同じだった。決して画期的な奇襲というわけではないし、地形からハイリも一度は考えた。しかし、凍える寒さの中、森で一晩兵を過ごさせるのは、その一日にすべてを賭《か》ける捨て身の作戦になってしまう。戦力差ができて、劣勢にいるワロキアにとって数少ない有効な手段でも、ハイリにとっては無謀な賭けだ。

「本営の守りが固ければ、奇襲は諦めるだろう。もう少し兵を本営に割けないのか？」

「ワロキア軍こそ自陣が危機にあるのに、奇襲に多くの戦力を割いている場合ではない。奇襲があったとしても、本営で対処できる兵数になるはずだ」

奇襲が想定以上の戦力だったら。本営は太刀打ちできないかもしれない。だがもしハイリが負けても、明日到着する援軍がワロキアの残存兵を蹴散らすだろう。ワロキアは血気盛んで好戦的な国だが大国ではない。対して帝国は、ハイリの次もその次も、指揮系統が確立されていて替えは大勢いる。皇帝エフタンが勝者でありさえすればよいのだ。

しかしベルカントは違う。これはれっきとしたハイリの私情だ。ハイリが指揮官である限り、ベルカントは考え得る限り安全な場所でこの戦を終える。

「ワロキア軍に補給や援軍がくる前に終わらせたい。一日でも早く、終結させたいのだよ。そのためにはあえて奇襲を受ける可能性を残しておく。これが私のやり方だ。ではこうしよう。ベルカントは、死角から森を見張り、奇襲に出てきた敵兵を撃ってくれ。それが一番効果的だ」

「俺も本営に残って奇襲に備える。なければ前線に向かうから」

「ベルカント。帝国軍では上官命令は絶対だ。私は相談をしているのではない」

語尾を強く言いきれば、ベルカントは押し黙った。戦場では個人の心の声ではなく指揮官の命令だけを聞く。さすがのベルカントもこれ以上反論できず、俯いて不服な表情を隠していた。

「ハイリ」

囁くように名を呼んだベルカントは、有無を言わせぬ力強さでハイリを抱き寄せる。高い鼻梁《びりょう》の先をハイリの耳元に埋《うず》めると、無言のままハイリの背に回した手に力を込めた。

抱き返すと、大きな身体の内で、頑強な心臓が駆け足になっているのが聞こえた気がした。

「俺は、必ず褒美が欲しい」

「わかっているよ」

互いの身を何よりも案じているからこそ相容れない。苦しみながらも残酷な現実を受け入れたベルカントは、ハイリの身体を離すと、両手で頬を包み、首を撫でて額にくちづけた。

最高の戦士からの加護だった。ベルカントは、静かに天幕を去っていった。

明朝、作戦どおり隊列を組んだ二つの軍は、急激に気温が下がり、冷たくなった平原を挟んで対峙《たいじ》した。

帝国軍の前衛が圧し進むなか、ハイリたち本営のいる後衛を、ワロキア軍の銃騎兵が襲った。鉄砲と剣で応戦するも、予想以上の数にすぐさま劣勢へ追い込まれた。ハイリを護衛するはずの兵が、次々倒れていく。

発砲音と剣がぶつかる鋭い音、雄叫《おたけ》びと悲鳴が激しく飛び交う。国境駐屯所を出発しているはずの援軍が到着するまで、なんとしても持ちこたえなければならない。ハイリも銃を抜き、一発、二発と撃ったところで敵兵になぎ倒された。かろうじて剣を銃身で受け止めたが、地面に押さえつけられ、身動きがとれない。剣を振り下ろされたら一巻の終わりだ。心臓がはち切れんばかりに駆ける。

銃身に刺さっていた剣が外れ、振り上げられた。切っ先が陽光を反射するのが無慈悲なくらいはっきりと見える。

これが命がけの戦場だ。終わりが眼前に迫った瞬間、敵兵が突風に吹かれたかのように横に倒れた。

顔を上げると、ベルカントの姿がそこにあった。誰かの銃でハイリを襲っていた敵を撃ったのだ。敵兵が倒れたのを視認すると、視界にある武器をすべて使って、次々と敵を倒していく。

恐ろしいほどの速さで動くベルカントに対抗できる者はいなかった。帝国軍の兵ですら、その勢いに萎縮《いしゅく》するほどだ。あっという間に周囲の敵兵をすべて倒したベルカントは、奇襲を撃ち返したことがわかると、上体を起こすのがやっとのハイリのところへ歩み寄り、片膝をついた。

「ハイリ、無事か」

ハイリの頬に片手を添えて、双眸を見つめたベルカントは、肩で息をしていた。鬼神のごとき戦いによって、息が切れている。この男の必死な姿を初めて見た。そんな場違いなことがなぜか頭に浮かんだのは、一瞬でも死を覚悟したからだろうか。

視線が絡んだ瞬間が、とても長く感じられた。二人とも生きている。起き上がって抱擁しようとしたとき、腕の中でベルカントが崩れ落ちた。

「ベルカントっ、しっかりし――」

脇腹に触れた手に、嫌な湿り気を感じた。頭の中に、荒い鼓動がうるさく響く。見開いた目に、濡れた手を映すと、真っ赤に染まっていた。ベルカントの腹を見下ろすと、黒い軍服の脇腹に、銃弾が通った痕《あと》があった。

心臓の音と、乱れた呼吸音が耳元で大きく響き、それしか聞こえなくなった。目を閉じて気を失ったベルカントの、血色を欠いた頬や唇が、怖いくらい鮮明に視界を埋める。

背筋が冷たくなり、手足が凍りそうな感覚に陥った。どうすればベルカントは目を開けるのか、どうすれば時を遡れるのか。考えたいのに考えられない。身体が動かない。

「パシャ。白旗です」

誰かがワロキア陣営を指差して声を張り上げた。奇襲の失敗を悟り、降参したのだ。近くの兵が、戦いは終わりかとせっついてくる。ハイリには、まるで水の中にいるみたいに不明瞭にしか聞こえなかった。わかるのは、ベルカントが倒れてしまった事実と、その責任が自分にあることだけ。

「攻撃を続けます。作戦どおり、敵本陣を陥落させます」

「しかし、白旗を振っています」

「攻撃を続けます。千年先の野望まで打ち砕くのです」

命じた声は、これ以上ないほど冷たかった。

ほどなくして援軍が到着し、決着がついた。帝国軍の前衛は、白旗を見て攻勢を一旦弱めていて、ワロキア軍は降参の旗を振ったことを忘れたかのように反撃してきた。これが帝国軍の怒りに火をつけ、援軍が合流すると、ワロキア側が指揮官と数名になるまで戦い続け、勝利を収めた。

首謀者であった王族を含めた全員を捕虜にすると、ハイリは賠償を要求するため交渉の場に就かねばならなくなった。

事後処理をせねばならないせいで、気が休まる暇もなかったのは不幸中の幸いとでも言うべきか。そうでなければ、きっと気が触れてしまっていた。意識をなくしたまま、かろうじて息をしているベルカントが心配でならなくて、彼のことを考えるだけで身体が震えた。

撤退まで二日かかった。負傷者は順に小宮殿へ運ばれていくが、ベルカントは天幕で治療を続けてもらった。顔を見れば気が触れそうなくらい不安になるのに、離れるのはもっと怖かった。賠償の要求と条件をワロキアに突きつけ、やっと撤退できるようになると、大急ぎでベルカントを移送する手筈《てはず》を整える。

負傷者は荷馬車などで運ばれるが、揺れが激しくて体力を消耗する。意識のないベルカントをこれ以上苦痛な目に遭わせてはいけない。考えた末、ハイリのために準備されていた馬車に手を加えることにした。向かい合って並んだ長椅子のあいだに台を置き、毛布を敷いて、即席の寝台を作った。長身のベルカントが横になれるほどの幅はないが、ありったけの枕や、ハイリの予備の上着まで使って背もたれを作り、考えられる限り身体を休めるようにした。工兵の手間をかけ、パシャの馬車に一戦士を乗せる異例の対応については、メサティアの戦士を生きて返さねば、将来に遺恨が残るという外交的な理由を貫いた。個人的な罪悪感など、パシャが口に出せるわけがないからだ。

馬車には軍医を同乗させ、ハイリは騎馬で併走した。そばにいたいのと同じくらい、血色を欠いたベルカントを見ているのが怖いからだ。もし、自分の隣で、あの美しく逞《たくま》しい身体が冷たくなってしまったら、きっと気が狂ってしまうだろう。ベルカントが二度と目を覚まさない可能性が脳裏にちらつくたび、胃から嫌なものがせり上がってくるのを感じた。

夜通し移動してたどり着いた小宮殿には、負傷者を含め兵たちが休めるよう準備が整っていた。ここでもベルカントは個室に運び、看護の者が必ず一人は付き添うように命じた。軍医の付き添いのもと、馬車から個室に移されたベルカントは、やっと整えられた寝台に横になれたことにも気づいていなかった。

担架で運んでくれた兵が去っていき、薬と流動食の手配をすると言って軍医が離れ、部屋に二人きりになった。あんなにも存在感を放つ男がいるというのに、物音一つ聞こえない。耳元にあるのは、取り乱した自分の呼吸音だけだ。

「ベルカント」

弱々しい声しか出なかった。名を呼んでも、ベルカントは目を開けず、ぴくりとも動かない。

喉が震えるのを抑えられない。寝台の横の椅子に座り、開いた襟のあいだに覗く首筋にそっと触れると、体温を感じた。しかし、洞穴で隣に並んで夜を越したときや、岩場から平野を眺めたときほどの力強さはなく、呼吸も、いつ止まってもおかしくないほど小さい。

「ああ……、ベルカント。私のせいだ」

ベルカントが焦って引き返すような作戦を立てたせいだ。否、ベルカントを戦場に立たせたせいだ。きれいごとでは済まないとわかっていたのだから、どんな手段を使ってもベルカントを戦場から遠ざければよかったのだ。

何よりも恐れていた後悔に胸が張り裂けそうで、涙を堪《こら》えきれなくなった。息ができなくなるほど、激しい嗚咽《おえつ》がこみ上げる。完全に取り乱し、声を上げて泣いた。それでもベルカントは気づくことなく、静かに目を瞑ったまま。

いつか目を覚ますと希望を持ち続けて、本当に報われるのだろうか。そんなことすら考えてしまって、倒れ込むようにベルカントの頬に額を合わせると、ざらざらとした鈍い痛みを感じた。伸びた髭の感触だった。首元に鼻を埋めると、戦ったあとのまま残っている、雄の匂いがした。

生きている。ベルカントは生きている。ハイリの触覚が、嗅覚《きゅうかく》が、ベルカントは生きていると知らせる。伸びた髭の感触は、市場で出逢った日を思い出させる。あのときは小汚いなんて思ってしまったのに、今は、同じ無精髭が生命力の証《あか》しのようだ。顔を上げて、ベルカントの乾いてしまっている唇に触れれば、そこは温かくて、微《かす》かでも確かな呼吸を感じた。

強い男だ。必ず目を覚ます。そう信じたい心と、指先も動かない現実に、心臓がおかしな打ち方をしてハイリを苛む。

「パシャ」

慌てて声のほうを振り返ると、帝都からやってきた侍従がいた。やや乱暴に涙を拭《ぬぐ》い、平静を装おうとしたけれど、長年仕えてくれている侍従は、ハイリの本心を見抜いて沈痛な面持ちで俯いた。

「やるべきことは山積みだ。軽食と、連絡用の手紙を送る準備をしてくれ」

パシャには休む暇なんてない。負傷したのはベルカント一人ではないのだ。負傷者の看護、亡くなった者の弔い。国境警備の新しい編成に、戦術と成果の報告。ざっと思いつくだけでも数週間先まで休みなどとれない。

忙しくなると言って無理やり微笑んでみせれば、侍従は強がるハイリの代わりに辛《つら》そうな顔をして、部屋を去っていった。そこに医者が戻ってきたので、ハイリも立ち上がる。

「容体に少しでも変化があれば知らせてくれ」

一番に知らせると医者が言うのに頷いて、ハイリはベルカントの部屋を去った。

帰還を喜ぶ暇もないまま、上下に連絡が行き渡り、必要な作業が行われるよう、機能を構築することから始めねばならなかった。見知らぬ地方役人などを集めて指示を出すには、間違いが起こりやすい口頭指示ではなく、皇帝の代理人であるパシャからの指示書を回していかねばならない。できる限り分担するものの、ハイリの執務室には、指示を待つ者が並び、連絡の手紙が重なっていった。

ひたすら指示を出し続け、気づけば夜も深まっていた。何度も侍従が食事を勧めてくれたのに食べる気になれず、ときどき紅茶を飲むだけだった。

机の端に山を作っていた大量の手紙を読み終え、天井を仰いで息を吐くと、待っていたとばかりに侍従が声をかけてくる。

「もう冷めてしまっていますけれど、少しでも食べてください」

なんとかしてハイリを居間のほうへ連れ出そうとする侍従に負けて、居間へ行くと、独特な匂いがした。

「魚か？」

「はい。羊肉もありましたが、パシャがお好きなものをと思って」

「ありがとう。いただくよ」

絨毯に座り、台に並んだ数品の中から、一番に魚を口に運んだ。好物のはずなのに、塩気は感じても香りがわからない。

ベルカントが起きていたら、きっと喜んで食べたのに。日中は忙殺されて考えずに済んだけれど、気が緩んだ途端、罪悪感が頭を埋め尽くす。

まったく食欲が湧かない。ハイリの手が動かなくなって、侍従が慌てて魚の身をほぐし、匙《さじ》で掬《すく》ってなんとか食べさせようとする。自分が倒れたら全体が機能しなくなるのは理解しているのに、気持ちが追いつかない。

それでも無理やり食べた。こんなに罰当たりな食べ方をしたのは初めてだ。味わうことも感謝もできない。ただただパシャとして機能するためだけに、嚙んで飲み込んだ。

「様子を見てくる」

魚とエキメッキだけなんとか食べ終えて、すぐさま立ち上がったハイリは、引き留めたそうにしている侍従に気づかないふりをしてベルカントのいる部屋へ向かった。

切り出した石を重ねた壁に囲まれた廊下は、息が白くなるほど寒い。宮殿中がすっかり寝静まって、不気味なほどの静寂が漂っている。目的の部屋にたどり着き、そっと扉を開けると、看護の者が暖炉の火に薪を足しているところだった。

「ベルカントの様子は」

「ずっと眠っているようです」

今朝《けさ》この宮殿に着いたときに運ばれてきたまま、動いた様子もない。このまま、目を覚まさなかったらどうしよう。

頭の中に、乱れた呼吸と鼓動が響く。そばにいて、目を覚ますときに隣にいたいのに、眠ったままのベルカントを見ていると、気が狂いそうになる。

「パシャ」

看護の者に声をかけられ、取り乱していたことに気づいた。このままここにいてはいけない。咳払《せきばら》いをして踵《きびす》を返す。

「夜中でも、容体に変化があれば知らせてくれ。頼んだぞ」

返事を待たずに廊下に出て、自室に戻った。寝ようとしたけれど、頭が妙に冴《さ》えてしまってできない。結局一睡もできず、自分で湯を沸かして髪を洗ったり、夜が明けたら出すつもりの指示を書き留めたりして朝を待った。

一日を忙殺されて過ごし、疲弊しきって夕食もうまく食べられないまま、ベルカントの様子を見にいく。そこで、最後に見たときと変わらない、むしろ、弱ってしまっている顔を見て、吐き気がするくらい取り乱す。同じことを五日繰り返して、六日目にはついに吐き戻してしまった。ハイリがあまりにも食べないものだから、侍従はとうとう病人に食べさせるような粥《かゆ》を用意するようになった。それも、ハイリが居間で寛《くつろ》ごうとしないから、寝所や執務室に持ってくるほどひどい有り様だ。

「ベルカントの様子は、何も変わっていないのか」

宮殿中が就寝の準備をしているころ、やっと執務机から顔を背けたハイリの、何度も繰り返される問いに、侍従は首を横に振った。

「そうか。……様子を見にいってくる」

「パシャ、その前に食事を摂って休んでください。何か変われば医者が必ず知らせてきます」

侍従が必死な顔をして立ち塞がる。自分がどれほどひどい顔色なのかもわからないまま、それでもベルカントのところへ行こうとしたとき、昨夜見た寝顔が脳裏に浮かんだ。精悍《せいかん》な顔立ちはすっかり力を失って、血色もあまり良くなかった。そういえば、髭が伸びていなかった気がする。あんなに溌溂《はつらつ》とした男が、まるで生気を放っていなかった。

「ハッ…、ハァッ、……ヒュッ」

突然眩暈《めまい》がして、首を絞められているかのように呼吸が苦しくなった。ベルカントの命の火は、ゆっくりゆっくり消えていっている。考えないようにしていた最悪の結末が目の前に迫って、耐えられず、ハイリはその場に倒れた。

「パシャ！」

締まった気管に無理やり空気を通すような、おかしな呼吸音の向こうに、助けを呼ぶ侍従の声が少しだけ聞こえた。

「薬湯をっ、早く！」

医者の声もぼんやり聞こえた。ベルカントの看護をしていたはずなのに、なぜかハイリの顔を覗きこんでいる。

「ベルカントに、何かあったのか」

急いで知らせにきたに違いない。良い知らせか悪い知らせか。知るのが怖くて、また息ができなくなった。医師が自分に声をかけているのはわかる。けれど意識が朦朧《もうろう》として、何を言われたのか理解できなかった。

目覚めると寝台の上にいた。外はすっかり明るくなっていて、一晩中眠っていたことに気づく。

はっきりしない頭で、眠ってしまうまでのことを振り返る。自分は執務室で倒れてしまった。ベルカントに万一のことがあったらと考えてしまって、呼吸ができなくなったのだった。

完全に取り乱したハイリに、医師が薬湯を飲ませたのだろう。東洋から輸入される鎮静作用のある薬湯は、帰還後の兵士に処方されることがままある。何日も眠れていなかったハイリを眠らせるために、あのときすでに用意されていたのかもしれない。

深い眠りについていたのだろう。身体は休まっているのを感じる。天井を眺めていると、頭もはっきりしてきた。

起き上がって、枕元に用意されていた水を飲むと、侍従が寝室に入ってきた。その手には小さな盆に乗った熱々の粥がある。

「食べられそうですか」

「ああ。ありがとう」

寝台の上で食べられるように用意してくれていた。これでは本物の病人のようだ。廊下から人が動いている気配がして、時間が気になる。

「方々から連絡が入って、溜まっているだろう」

「何か食べるまでは手紙を読むのも控えるようにお医者様が言っていましたよ」

起きた途端、執務についてうるさく言い出すと思っていたのだろう。侍従は部屋の暖炉で粥を温めておいてくれたそうだ。

「助かった。食欲がないからといって、食事をおろそかにしていたからな。この粥はきちんと食べるよ」

ベルカントの様子が気になったけれど、黙っていた。もし何か変化があって、連絡が入っていたなら、侍従が話さないわけがない。回復していなくても、悪化もしていないということだろう。

自己管理ができてなかったせいで、今朝《けさ》の執務を滞らせてしまった。今は、自分の役目に集中して、ベルカントについては医師からの知らせを待つのみだ。

「ワロキアから正式に賠償が届きました。皇帝陛下にも急ぎ連絡を送りました」

「近衛隊が追加の食糧とともに到着しました」

あちこちから重要な知らせが届いたこの日、薬湯を飲まねばいけなくなった事態を反省したハイリは、茶の代わりに薄い粥を口にして過ごした。目が回る忙しさに落ち着いて食事をするどころではなかったのもある。

ワロキアには多額の賠償か、内海に面した湾港の完全破壊という選択肢を迫っていた。帝国に対し勝ち目はないと思い知らせるためだ。ワロキアは、賠償を選択した。千年先のことはわからないけれど、最低でもこの先数十年は挑発もしてこないだろう。

帝都からは近衛隊が日持ちのする食糧を運んできた。小宮殿は普段使われておらず、備蓄食料はほとんどなかった。周辺地域から今の大所帯を食べさせるだけの食糧を調達するにも限界があるため、急いで帝都から食糧を送ってもらった。輸送を担当したのが近衛隊なのは、これからしばらく、小宮殿は物々しい雰囲気になってしまうから、城下町への配慮として警備をさせるのと、追加で食糧や物資を調達する際の緩衝役のためだ。農業が停滞する冬の時期は働き手を探すのに良い時期だが、誰もが保存食などを工夫して過ごすこともあり、物資を調達するには厳しい季節でもある。そんなときは、戦争で疲れた強面《こわもて》の兵より近衛隊のほうが役に立つ。あとは看護の手伝いと、ハイリが城下町に出る際の見栄えのする身辺警護だが、ハイリ自体が近衛隊出身なので、その点は帝都にいるときも重要視されていない。

夕方には負傷兵が集まっている大部屋に行き、労いの声をかけ、膝を交えて夕食の汁煮を食べねばならなかった。多様な文化や民族が集まる帝国の軍が強い結束力を持つのは、皇帝や高官が敬意を払うからである。文化や宗教が違おうと謝意は必ず通じるものだから、同じ鍋から食事をして労う。伝統であり、ハイリの役目だ。

粥をすすって胃を慣らしていた甲斐あって、汁煮を一杯、吐き出すことなく完食した。パシャが来るからといって、痛みを堪えて起き上がった者もいた。姿を現しただけなのに、ありがたがってくれる兵がほとんどだったから、皆が気兼ねなく食べられるよう、元気に食べようと思えた。

食べたぶん顔色が良くなったハイリが勢いを失わないうちにと、侍従は風呂を焚き、身体を清めさせ、温まったまま寝台に入るよう言ってきた。薬湯も用意されていたが、どうしてもベルカントの顔を見たくて、寝間着に上着を羽織っただけで私室を出た。

「戻ったら薬湯を飲んで、必ず寝るから」

侍従があまりにも心配するので、そう約束をしてベルカントの部屋へ向かった。

寒い廊下を歩くうちに、鼓動が駆け足になっていくのを感じた。医者も看護の者も、容体が変わったと言いにこなかったのだから、今夜も生気を欠いた顔を眺めて終わるだろう。わかっていても訪ねてしまうのは、奇跡のような何かが起きて、目の前でベルカントが覚醒《かくせい》するという、非現実的な希望を捨てきれないからだ。

まるで気が触れているようだ。否、自分はどこかが壊れてしまっている。一人の男のために、ハイリは我を忘れているのだ。パシャという大役がなければ、今ごろ自責の念に駆られて凍るほど冷たい川に身を投げ出していたかもしれない。ベルカントが目を覚まさなければ、きっと自分はこのまま壊れて散り散りになる。

なぜかはわかっている。認めたくなかったけれど、認めざるを得ない。ベルカントは、ハイリの心が求める男だ。好意だなんて言葉では到底足りない。特別な情を抱いている。部屋は、角を曲がればすぐだ。一昨日の様子が脳裏に浮かび、脚が竦む。喉がきゅっと狭まって、落ち着いたはずの腹に不快感を覚えた。

そのときだった。談笑のような声が聞こえた。あたりを見回しても、明かりが漏れている部屋はない。角を曲がると、ベルカントのいる部屋の扉が少し開いていて、そこから光と話し声が漏れていた。医者と看護の者が話しているのか。それとも、ベルカントがたった今目を覚ましたのか。十歩もない距離をこけそうな勢いで駆けて部屋に入ると、四人ぶんの視線がこっちを向く。

「ハイリ」

嬉しそうな声で名を呼んだのは、ベルカントだった。灰色がかった薄茶色の瞳は潤っていて、顔色も良く、きれいに剃られた肌は艶《つや》を取り戻し、暖炉の光を跳ね返すほどだ。

夢でも見ているのではないか。目の前の光景が信じられない。清潔な寝間着を、前を広げて着て、重ねた枕に背を預けて寝台に座っているベルカントを、三人の近衛兵が甲斐甲斐しく世話している。一人は爪《つめ》を磨いて、一人は脚に乾燥を防ぐための香油を塗って、もう一人は寝台のそばに置いた酒器に葡萄酒を注いでいる。体力のある兵には酒を振る舞って労うこともあるが、しかし、ベルカントにはまだ早いのではないか。というより、近衛兵を三人も侍《はべ》らせるほど回復していたのに、なぜ自分は知らなかったのだ。

今までとは違う類の、荒い呼吸と鼓動が頭に響く。状況が理解できず、目を見開いて立ち尽くすハイリに気づき、近衛兵は手を止め、持っていた道具などを大慌てで片づける。

「外してくれ」

絞り出すように言えば、三人は逃げるように部屋を出ていった。

寝台に座ったままのベルカントはというと、悪びれることもなく笑顔でハイリを手招きする。

「待っていたぞハイリ。こっちへ来てよく顔を見せてくれ」

来い来い、と呼ばれ、ぜぇ、ぜぇ、と、肩で息をせねば呼吸できなくなった。

待っていたとはなんだ。待たれていたなんて知らなかった。寝たきりだったのが嘘のようにへらへらして、腹が立つ。こっちがどれほど、目を覚ますのを待ち望んでいたと思っているのだ。

「どれだけ心配したと思っているのだ。知らぬ間にこんなっ――」

目が覚めて、これ以上ないほど安堵している。失う結果にならなくて、本当によかった。今までに感じたことのない喜びで胸がはち切れそうだ。それと同じくらい、目が覚めたことを一番に知らされなかったことが口惜しい。鼓動が、限界まで速く打つ。

「何を悠長に、爪磨きなんぞさせているっ。こんなに案じていたのに、お前は若い者を侍らせて」

「ハイリに会いたいと言ったぞ」

「私は聞いてないいっ」

「ハイリ」

「ずっと、私にうるさく言い寄っていたくせに。本当は、誰でもいいのだろうっ」

「そんなわけがない」

「勝てばくちづけの褒美が欲しいだのと言っていたのも、その場限りの戯言《たわごと》だったのだ」

「違う」

「ならばなぜ、目を覚まして一番に私を求めてこない。酒を飲むほど体力があるくせに」

「これは――」

「戦場から帰ったら、くちづけどころか夜這いにくるようなことまで言っていたのに。それなのに、ずっと目を覚まさずに、…ハァッ、死んでしまうのかと」

髪まできれいに整えられて、唇も潤っているベルカントは、まるで別人のように回復している。心の底から安堵しているのに、緊張しっぱなしだった肩の力が抜けない。むしろ、最後に見たときの、虫の息だったベルカントを思い出して、喉が締まって肩が激しく上下する。

「私の作戦のせいで、死なせてしまったらと、ずっと、…ヒュッ、怖くて」

うまく息ができない。安心してほんの少し緩んだ胸に、怖くてたまらなかった記憶と後悔が流れ込む。頭の中に、乱れた呼吸音と心音がうるさいくらい響く。

「嫌だって言えばよかったと、…ハ、吐くほど後悔した。…ヒュッ…、失いたくないと、正直に…言えていたら、ベルカントは撃たれずに済んだって」

「ハイリ」

はっきりした声で呼ばれ、我に返った。ベルカントは片手を差し出し、ハイリをまっすぐ見つめている。

「俺は生きてる。生きて、何よりもハイリを求めてる」

瞳の中心を射るように力強い視線は、ハイリだけを捉えて離さない。吸い寄せられるように差し出された手に手を重ねると、体温が伝わってきた。

「俺はこうして生きている。こっちへ来て確かめてくれ」

手を引かれ、そばに座ると、もう片方の手で頰を撫でられた。温かい掌《てのひら》が、そこに血が巡っていることを知らせる。

「ほら、生きているだろう」

頰を包んだ手は、ベルカントのほうへと顔を引き寄せる。されるまま、額を重ねれば、鼻先も自然と重なって、これ以上ないくらい、柔らかい温《ぬく》もりを感じた。

「落ち着いて、息を吸え、ハイリ」

言われるまま鼻から息を吸うと、ベルカントの匂いがした。生命力の強さを感じさせる、ベルカントの匂いだ。

「ああ、ベルカント」

頰を包む手に手を添えて、名を呼んだ瞬間、頰を涙が伝った。体温と匂いに触れてやっと、ベルカントが目を覚ました実感が胸に響いた。

「俺は生きている。わかるだろう?」

「うん。わかる」

額を重ねたまま、開いた寝間着のあいだから覗く胸に手を当てると、厚い胸の内で心臓が力強く打っているのがわかる気がした。嬉しくて、額をこすりつけると、頰を包んでいた親指が唇を撫でる。

「約束したとおりだろう。必ず生きて帰ってくると」

「うん。約束のとおりだ」

絶対に生き抜く約束をしたから、ベルカントが戦場に立つのを止めなかった。約束を果たした男の唇に、嚙みつくように唇を重ねる。

深く重ねた唇を吸い上げて離すと、ちゅっと湿った音がした。その音を食べてしまうようにもう一度唇を合わせ、少し離しては角度を変える。頰を包んでいた手はいつしかハイリの首の後ろを押さえていて、角度を変えるたびくちづけが深くなっていく。

「ん……、は…ぁっ」

息が上がるまで夢中でくちづけを交わした。空気を求めてやっと唇を離すと、どちらからともなく額をこつりと当てる。

「ハイリは、怪我をしなかったか？」

「ベルカントが守ってくれたから、傷一つないよ」

知らぬ間にできて治るようなかすり傷もあったかどうか。平気だと微笑んで、唇を吸って離すと、熱のこもった瞳に見つめられた。

「見せてくれ。俺が本当に役に立ったのか」

選ばれるのはいつだって役に立つ男。ベルカントの言葉を思い出す。ハイリの心を摑《つか》むために、ベルカントは誰よりも役に立とうとした。そして確かに、ハイリの心をわしづかみにした。

「ほら、傷一つない」

寝台を下りて立ち上がり、上着ごと寝間着を脱いで落とした。ありのままの姿を正面から見せれば、ベルカントは熱い息を吐いて唇の端を舐《な》める。

「ああ、きれいだ」

「触って確かめてみるか。本当に傷一つないのかを」

蠱惑的に笑んでみせると、誘いに気づいたベルカントの瞳が妖《あや》しく光った。

「ああ。確かめよう」

腰を跨《また》いで、向かい合い、下腹に尻《しり》を下ろした。手をとって腰から脇腹に沿わせると、ベルカントは昂《たかぶ》る血を抑えるように、大きく息を吐いた。

「ほら、どこにも傷なんてない」

「本当に、傷一つなくて、色っぽい」

もう片方の手でハイリの腰を撫で、下へとたどったベルカントは、尻を摑んで揉《も》みしだく。深いくちづけを交わしながら、息継ぎの合間にベルカントの寝間着の前を大きく広げると、あばらの下に包帯が幾重にも巻かれていた。

「見た目が大袈裟《おおげさ》なだけだ。もう塞がってる」

冷静になりかけたハイリの尻を、もぎ取る勢いで摑んだベルカントは、驚いて背を反らせたハイリの首筋に甘く嚙みつく。

「あっ……」

「夢にまで見た、ハイリの肌の味だ」

獣じみた言葉は紛れもなくベルカントのもので、安堵すると同時に興奮した。ベルカントは、匂いで相手の場所がわかると言った。匂いは、近づけばわかるものだけれど、味がわかるのは、身体を重ねた者だけだ。

「褒美をくれるか、ハイリ」

ハイリの尻を両手で摑んだベルカントは、双丘を寄せて起《た》ち上がったものを挟む。双丘の割れ目に当たっているベルカントの雄は、彼らしく逞しくて、熱い。

「これを、私の中に入れたいのか」

後ろ手に昂りを撫でると、同じ男なのにどきりとさせられる質量が、秘所を暴きたがっていた。

「入れたい」

「焦らないでくれよ。お前は体格が大きいんだ」

潤滑油に使えるものを探すと、近衛兵が置いていった香油があった。

「いいものがあった」

「貸してくれ」

蓋《ふた》を乱暴に開けるなり、香油で指を濡らしたベルカントは、これ以上待てないとばかりにハイリの蕾《つぼみ》に濡れた指先を押し当てる。

「んっ…、ベルカント、…はぁっ…」

ひだを撫でたかと思えば、人差し指が差し入れられた。節の目立つ指はそれだけでも存在感があって、躊躇う余裕を与えずに中を拡《ひろ》げていく。

「あぁ、ハイリ、柔らかいのに、よく締まる。……もう、待てない」

「きちんと解《ほぐ》さないと、こんなに大きいのは入らないよ」

「わかった。わかったけど……」

逸る気持ちを抑えようとするベルカントは、焦《じ》れに焦れていて可愛《かわい》いくらいだ。二本目の指を入れるよう促すため、手に手を添えれば、性急に指が埋められた。

「ああっ、…はっ」

なんとか我慢しても、やや乱暴な指遣いになる。そんなベルカントの表情は、ハイリを欲してたまらないと叫んでいた。

「ハイリ、もういいか？」

「入れてあげるから、おとなしくして」

待てを言いつけられた猟犬のように息を荒らげるベルカントの昂りに手を添え、先端に後孔をあてがったハイリは、下腹を弛緩《しかん》させ張り詰めたそれを受け入れる。

「は、っ…あぁ」

香油と先走りの滑《ぬめ》りにまかせて、熱い先端を飲み込んでいく。逞しい雄は中を限界まで拡げて、半分埋まっただけでも、いっぱいになってしまった。

「ああ、……ハイリ」

蕩《とろ》けそうな声で名を呼ばれ、もっと受け入れたいと感じた。ゆっくり息を吐いて、力を抜き、すべてを迎え入れる。香油にベルカントの先走りが混じって、太いものが奥へと滑り入る。

「はっ、…あ…、なんて大きい子なんだろうね」

自重を頼りに、徐々に根元まで収めていく。想像したこともないくらい深いところを先端に突かれ、緩めなければならないのに中がどうしても収縮する。なんとか双丘がベルカントの下腹に重なるまで腰を下ろしたとき、昂りが脈打つのを感じた。

「あぁ、…はっ、最高の褒美だ」

まるで獲得した褒美を逃すまいと言わんばかりに、ベルカントは両手でハイリの腰を摑んだ。いじらしくて、愛《いと》おしい。意外なほどのこの愛嬌《あいきょう》に、最初から惹かれていたのだと自覚させられた。

「褒美ではないよ」

双眸を見つめると、ベルカントは熱に浮かされながらも驚いた顔をする。

た。


「褒美なんかではない」

これはハイリの意思だ。ベルカントを感じたくて、求めたからだ。唇が触れる距離で囁けば、嬉しそうに笑ったのが息遣いから伝わってきた、と思った瞬間には唇を奪われていた。

舌を搦《から》めて、互いの口腔《こうこう》を愛撫《あいぶ》して。深いくちづけを交わせば、情欲がかき立てられる。音を立てて唇を離したハイリは、結合部で欲望を締めながら腰を上げる。

「あっ、…んぅ、…ああ…」

熱い質量は中をえぐるようで、苦しいくらいの快感を生む。ハイリもベルカントも感じるまま喘《あえ》いで、室内が熱い息で満ちていく。

「…くっ、……ハイリ、…はっ」

先端を埋めたまま、腰を上下に振ってやれば、ベルカントはハイリの双丘を摑んで、快感の大波をやり過ごそうとする。ハイリも、最奥を何度も責めさせてしまって、中心がこれ以上ないほど充血している。赤く染まった先端を揺らしながら、収縮する中で欲望を扱《しご》けば、二人の先走りで濡れた結合部が淫猥《いんわい》な音を響かせる。

「…んんっ、ハイリ、……このまま中で達《い》っていいか」

「あ……あ、んっ、ベルカント。…いいよ、中で達って……」

求められていることにこれ以上なく感じてしまって、内壁が激しく収縮して、ベルカン

トを離そうとしない。深いところで繋がったまま、欲望で中をかき回すように腰を大きく揺らせば、ベルカントはハイリの腰を摑み、下腹へきつく押しつけた。

「…くぅっ…、はっ」

野獣がごとく唸った瞬間、ベルカントはハイリの最奥に奔流を叩きつけた。昂りが脈打つのを感じ、ハイリも極める。

「あ…ぁっ、…んんっ」

快楽の絶頂を迎え、劣情を放ちきった。深く交わったまましばし余韻を味わう。

内側から全身を染めてしまいそうなほどの白濁を放っても、勢いを失わないベルカントの象徴が、ぴたりと収まっている。大きく上下する厚い胸に両手をのせれば、これ以上ないくらい、生きている実感が湧いた。

「夢みたいだ」

溜め息を溢《こぼ》すベルカントの恍惚《こうこつ》とした表情は、ハイリにも充足感を与える。まだ硬いままの欲望が中でとくんと脈打ったのに、唇を甘く嚙んで耐えた。

雄の勢いが少し和らいだのを感じ、腰を浮かせて解放すると、いっぱいに広がっていた中が寂しがって収縮した。放たれた精液が下りてくる淫靡《いんび》な感覚にぞくぞくする。逃がさないように力もうとしたけれど、太いものを受け入れていたせいでうまくできなかった。

「ああ、汚してしまった」

ハイリの放った蜜《みつ》は包帯の上に散ってしまっていた。快楽の余韻に弛緩した身体を、ベルカントの上からなんとかどかせ、一旦寝台を下りる。途端に恋しそうな顔をするベルカントにちゅっと軽いくちづけをして、濡れた下肢を簡単に清めて寝間着を羽織った。

「包帯を交換しないと」

寝台のそばには予備の包帯がいくつか置かれていた。怪我人と房事に及んだことに改めて気づき、今さらの羞恥心《しゅうち》が湧いた。しかし、すっかり濡れてしまった下肢を自力で清めるベルカントがあまりに幸せそうだから、これでよかったと思えた。

「包帯を交換したら、すぐに寝たほうがいい」

巻かれている包帯を外そうとすると、自分が放った蜜が指先についてしまって恥ずかしかった。しかし、平静を装って結び目を解く。傷に触らないよう丁寧に包帯を取ると、傷口のあて布に少量の血が滲《にじ》んでいるのに気づいた。

「私なんかのために、命を懸けて……」

傷は、ようやく塞がったかどうかという生々しいものだった。戦場に立たせた罪悪感が一気に戻ってきて、涙がこみ上げる。新しい包帯を広げようとして手が震えてしまっているハイリに気づき、ベルカントはそっと顎先を掴んで唇を重ねる。

「俺が戦うことを選んだ。そうだろう、ハイリ」

だからこの傷も、ハイリが責任を感じるべきものではない。そう言って、ベルカントは何度もくちづけた。

「ハイリの縄張りは俺の縄張りと同じだからな。荒らされたらただでは返さないさ」

迷いは一切なかった。ベルカントが言いきるのに、ジュラのため、オラハドを救うために前途を賭けたエフタンが重なった。国力も自分の軍も持たないベルカントは、命が尽きる限界まで己の身一つで戦い続けた。それがアルファの性なのかはもうわからない。わかるのは、ベルカントは命を賭《と》すほどの情熱をもってハイリを想っていることだ。

「怪我が治ったら、今度は俺がハイリを抱きたい。まだアルファが信用ならないなら、去勢するから。無くす前に一度だけでも――」

「去勢なんてさせない。これ以上ベルカントの身体に傷がつくなんて耐えられないよ」

ベータの自分を命がけで想う、変わり者のアルファを、愛おしいと思う。

ベルカントは、ハイリのアルファだ。ハイリだけの男なのだ。

「そうか」

嬉しそうに笑ったベルカントだが、ハイリが包帯を巻き終えるやいなや、これ以上起きていられないといった様子で目を閉じた。

「ベルカント？」

みるみるうちに顔色が悪くなっていき、額にいやな汗が浮かぶ。悪夢を見ているかのように強張《こわば》った表情が、体調が悪化したことを知らせる。

「ベルカント」

「血が、足りないだけだ……」

「私が誘ったから、無茶をして」

「平気だ。ハイリ」

　ハイリの頭を撫でたベルカントは、そのままハイリの頭を胸へと引き寄せる。少しも血を止めてしまわないように注意して頬をあてがうと、安心したのかベルカントの手がぽとりと寝台に落ちた。

「良くなっているものだと思っていた」

「俺も、そうだ。……こんなに、力が要《い》ると、思わなかった」

　身体を繋げるのに必要な体力の読みを誤ったと、力なく苦笑され、これが初めてだったのではと思い至った。ベルカントは純粋な恋愛を信じ、望んでいた。欲求に正直な印象を抱いていたが、振り返れば、ハイリの気持ちに訴えかけても、性的な欲求を向けられたことはなかった。

　純情なこの男を、感情的に焚きつけてしまった。体調を慮ることもせず、行為に及んだことを内心猛省していると、ベルカントが目を閉じたまま何も言わなくなっていることに気づいた。

「ベルカント？」

意識をなくしたのか、眠ったのか判別できず、大慌てで医者を呼びにいこうとしたが、うわ言ように名を呼ばれ、寝台のそばに駆け寄る。

「ハイリ、水……」

「水？　水だなっ」

水差しで口に水を流し込もうとするも、加減がうまくできずに口の端から零《こぼ》れてしまう。他の方法を必死に考え、口移しで飲ませてみることにした。ベルカントが必要とする水分が摂れるならなんだっていい。口に水を含み、唇を合わせてみれば、そこに水があることに感覚的に気づいた様子で、ベルカントが少しずつ水を飲む。どれくらい水を飲み下しているか直接感じるから、むせるほど水を口に流し入れることがなく、確実に水を飲ませられた。

ときどき水を探すように顔を揺らすベルカントに、口移しで水を飲ませること数時間、ベルカントが眠りに落ちたのがわかった。うなされる様子もない。

ほっと一息ついたとき、寝不足がたたっていたハイリも睡魔に襲われた。寝台の隅に横になると、一瞬のうちに深い眠りについた。

目を覚ますと、医者と目が合った。

「起こさないでおこうと思ったのですが」

察したような顔をされ、慌てて起き上がる。

「これは、その。昨夜様子を見にきたときは元気に会話をできていたのに、途中から体調を崩してしまって。介抱しているうちに私も眠ってしまったんだ」

「そうでしたか」

寝台を下りたハイリは、髪を手櫛《てぐし》で整えながら、小さな声で医者に訊ねる。

「ベルカントは、酒を飲めるまで回復していたのではなかったのか」

「これは、メサティアでは怪我人や病人の枕元に葡萄酒を置いて回復を祈るものだといって、山に近い村出身の近衛兵が持ってきたものですよ。神が人に授けた飲み物だから、縁起が良いのだとか」

「験担ぎ、だったのか……」

近衛兵と嗜《たしな》んでいたと思い込んでいたが、まさか祈りの酒だったとは。房事に及ぶに至った理由の一つが、飲酒できるほど回復したと思ったからで、それが勘違いだとわかると、羞恥と罪悪感が一度に襲ってきた。

「う、ん。ハイリ」

「ベルカント」

目を覚ましたベルカントは、ハイリを見るなり、たぐり寄せるように手招きをする。

「傷が痛むのか？」

「水」

「わかった」

すぐに口に水を含み、口移しで飲ませてやると、ベルカントは嬉しそうに微笑んだ。ほっとするも、背後の医者の訝《いぶか》しげな視線に、そんな必要はないのに慌てて言い訳をする。

「昨夜、水差しではうまく水を飲ませられなくて、こうすると飲むものだから……」

「そうですか。昨日の日中は粥が食べられるほどでしたが、悪化してしまったのでしょう」

悪化と言われ、顔から血の気が引いていく。原因は、誘ってしまった自分だ。

「パシャ。心配しましたよ」

侍従が部屋に駆け入ってきた。ハイリと反対に顔を赤くして怒っている。戻って寝る約束を反故《ほご》にしてしまったことを、やっと思い出した。

「すまない。ここで眠ってしまった」

本当にきちんと寝られたのかと、猜疑《さいぎ》的な目をされてしまった。侍従にこれ以上迷惑をかけられない。ベルカントが心配だが、もう戻らねば。

部屋を出る前に声をかけようと、枕元に寄れば、手を握られた。

「ハイリ。忙しいのはわかってる。一度でいいから水を飲ませにきてくれないか」

「わかった。隙を見つけて必ず来るから」

この約束は、絶対に守らねばならない。なぜベルカントの体調が悪化してしまったのか医者に言えないまま、ハイリは自室に戻った。

侍従に叱《しか》られつつ朝食を済ませたあとは、やはり一日中忙しく、昼は汁煮をかきこんで終わりだった。午後に一息つけそうになって、急いでベルカントの部屋にいくと、水が飲みたいと言われ、口移しで水を飲ませた。あまり時間が取れず、夜にまた来ると約束して執務に戻り、夕食と風呂が済んだらベルカントの様子を見にいった。

朝より顔色は良くなったベルカントだが、

「水差しは飲みづらくてすぐにむせてしまう。でも、口で飲ませてほしいと頼めるのはハイリしかいないから」

と、力なく言うものだから、夜はベルカントの隣で眠ることになった。

広い寝台の置かれた部屋だったから、男二人で並んで寝ても問題ないけれど、寝返りには気を遣う。熟睡できないはずなのに、一人で寝るよりもよく眠れた。ベルカントの体温に強い生命力を感じて、安心するからだ。

五日ほど同じように過ごすと、ハイリの体調と食欲は普段と変わらなくなった。やはり忙しいままで、けれど、夕方近くになってベルカントのところに行こうとすると、侍従がとても言いにくそうにハイリを止めた。

「あの、サリ少佐は……」

「知っているよ」

侍従は、ベルカントの体調は随分と回復して、食事もしっかり摂っていると知ったのだろう。それなのに、ハイリが水を飲ませるためといって、休む代わりにベルカントの部屋へ行くから、騙《だま》されていると思って案じてくれている。

ハイリももちろん気づいている。口移しで水を飲ませるあいだ、背中を撫でられたり、昨日は腰から尻のほうへ大きな手が滑っていったりもした。自分が様子を見にいったときだけ、急にしおらしい怪我人になるのもわかっている。けれど、ハイリもベルカントの顔が見たいから、執務の合間を縫ったり、自室で寝なかったりする言い訳が欲しいのだ。

「知っている。いいんだよ。私が顔を見せるだけで喜ぶんだから」

苦しそうなふりをする、漲《みなぎ》る強さを隠しきれていないベルカントが脳裏に浮かび、思わず微笑んだとき、執務室の扉が開いて、ベルカントが入ってきた。

「ベルカント。一人で歩き回ってよいのか」

「ああ。ずっと寝たままというのも辛くなってきた」

寝間着の長衣に、室内用の生地が厚いカフタンを羽織ったベルカントは、入り組んだ長い廊下を一人で歩いてきたくせに、執務室に入った途端、歩きづらそうにしてハイリに助けを求める。あんなに強い男が弱ったふりをするのが面白くて、甲斐甲斐しく正面から抱きとめるようにして介助してやると、ベルカントは調子づいてハイリのこめかみや耳たぶに鼻先を寄せる。

見かねた侍従が執務室を出ていくと、「寂しかった」と嘆いて本格的に甘えてきた。

「ハイリは忙しいとわかっていても、顔を見られないと寂しい」

「ここでは私が最高責任者だからね。これでも時間を作るために必死だったのだよ」

「俺のことを一番に考えてくれていたのか」

「ふふっ。そうだよ」

ついには唇に唇を寄せてきたから、そのままくちづけをすると、ベルカントは大喜びで何度もハイリの唇を食《は》んだ。

子供のころ犬に懐かれて、口を舐められたのを思い出す。反射的に大きな背中を撫でると、満足したのかベルカントは大きく息を一つ吐いて、ハイリの背後を見つめた。

「この部屋からは、山がきれいに見えるな」

振り返ると、窓の外に雪を被ったメサティアの西端が見えていた。

「本当にきれいだ。景色を眺める余裕もなくて気づかなかった」

「隠居にちょうどいい場所ではないか。帝都よりずっと静かで、景色もきれいだ」

「確かに、そうかもしれない」

帝都の城壁の上で話した、いつか暮らしてみたい場所。この小宮殿は漠然と抱えていた理想にとても近い気がする。

「そうだ、この部屋の並びにベルカントの部屋を移そうか。きっとメサティアがよく見える」

ベルカントの使っている部屋は、外から担架で運び入れるのに時間がかからない場所だった。パシャの部屋があるこの一角は、敵の急襲があった場合に攻め入れないよう、入り組んだ造りの廊下になっている。ベルカントが自力で歩けるようになったなら、景色の良い部屋に移ってもいいだろう。

「そうしてくれ。近くなればハイリの顔をもっと見られる」

「喉が渇くたびに呼びつけるのかい？」

「ハイリがいないと水を飲むのに苦労する。でも、もっと困っているのは、ハイリのことを考えるたびに、昂ってしまうことだ。いつか医者や介抱をしてくれている者の前で、おっ起ててしまいそうだ。なんとかしてくれないか。あの味を知ってしまってから、身体が言うことを聞かない」

ハイリと快楽を知ってしまったから、身体が劣情を抱くようになった。いじらしいことを言って、房事を強請《ねだ》るベルカントの胸を、指先で押し返してやる。

「なんとかしてやりたいけれど、このあいだは体調が悪くなってしまっただろう。完治してから、その問題は解消しよう。わかったね」

弱ったふりも面白くて可愛かったが、そろそろ本当の体調を教えてほしい。全快した暁には身体を許そうと言えば、ベルカントはしまったとでも言いたげな表情で鼻に皺《しわ》を寄せて、残念そうに頷いた。

「う…ん。わかった」

諦めきれない様子でハイリの腰を撫でるベルカントは、その逞しさとは正反対の可愛さを感じさせる。しかし、譲る気はない。もう二度と、弱っていくところを見たくないのだ。

「早く良くなってくれよ。私だって待っているんだから」

治療に専念させるため、ハイリも色事を期待しているように言えば、ベルカントは気を良くして、唇を尖らせてくちづけを強請ってくる。

「そろそろ執務に戻るからね。ベルカントも部屋に戻って休むんだ。早く治したいだろう」

ちゅっと音を立てて唇を吸ってやると、満足げな笑みが返ってきた。


帰還から一月半が経った。ハイリは帝都に戻っておらず、相変わらず小宮殿で指揮をとっている。負傷兵は回復した者から順に自分の村や所属の駐屯地に帰っていって、残っているのは重症だった者や、帰る家がない者たちだ。希望する者には、この小宮殿が働き口になるよう、はからうつもりでいる。

年が明け、冬が深まった窓の外には、雪を被って真っ白なメサティアの西端が見えている。小宮殿の周辺も、冷え込む日は雪が降る。天候は帝都と大きく変わらないが、空気が冷たく澄んで感じるのは雪山がすぐそばにあるからだろうか。すっかり馴染《なじ》んだ執務室で、書簡を読み終えたハイリは、気分転換に窓を開けた。晴れた空の眩《まぶ》しさと、冷たい空気を身体に取り込み、頭がすっきりする快感を味わっていると、馬に跨った男が大きく手を振っているのに気づいた。

ベルカントだ。馬に乗れるまで回復し、あり余った体力を発散させに、狩りに出かけていたようだ。馬には狩った獲物をのせている。

「ハイリ」

城壁の内に入ったばかりで、顔が豆粒ほどの大きさにしか見えない距離なのに名前を呼ばれ、小宮殿中に自分の名が響き渡る。少々恥ずかしいが、小さく手を振って返すと、ベルカントには見えているようで、「鹿を獲ったぞ」と、また大きな声で知らせてくれた。

ハイリが鹿を好むから、回復後初めての狩りは鹿を狙ったのだろう。ワロキア戦の前にも、ハイリを元気づけるために獲ってきてくれた。

ベルカントが狩りに行ったのは、体力の発散や鹿肉のためだけではない。ハイリともう一度身体を重ねる条件を満たした証しとして、獲物を差し出すためだ。

「サリ少佐、すっかり元気になりましたね」

紅茶を淹《い》れていた侍従に声をかけられ、ハイリは苦笑しつつ窓を閉めた。

「今に馬の上に立って弓を射るようになるよ」

紅茶を一口飲むと、喉から胃がぐっと温かくなった。ほっと溜め息をついて、目を閉じたハイリは、今夜起こりそうなことを想像して、思わず嘆息する。

「どうかしましたか？」

「いや。今日の夕食は鹿肉料理になりそうだと思ってね」

今夜はきっと、ベルカントと褥を共にする。ハイリを抱きたいと言ったベルカントには、完治したらという条件を課した。傷の外側は、痕は残ったものの完全に塞がったが、身体の内側は本人にしかわからない。ハイリと同衾《どうきん》するために、完治していないのに治ったと言い張られたら困るので、騎馬と弓射を判断基準にすると念を押しておいた。だから、馬に乗り、弓矢で獲物を仕留めた今日、ベルカントは必ずハイリを抱こうとするだろう。

ハイリだってベルカントが全快するのを待っていた。初めては、混乱のなか感情的になっていたから、今度は最初から最後まで堪能して、記憶に留めたい。

紅茶を飲みつつ、ベルカントが執務室に来た場合に備えていたが、予想に反して現れなかった。様子を見にいった侍従によると、ベルカントは鹿を捌いて料理までしているという。一頭で数十人を食べさせられるからと、メサティア式の料理法で負傷兵のぶんも調理して、厨房《ちゅうぼう》で楽しげにしているそうだ。

それなら、ハイリも気兼ねなく夜に備えられる。夕方、早めに執務を切り上げて、伝統的な蒸し風呂に入った。町で一番のあかすり師を呼んで、一時間以上をかけて身体を清め、休ませる。あがったときには全身の肌が艶やかになり、血の巡りも良くなって、香油で仕上げれば髪の先まで美しく整う。

私室に戻ると、室内着を纏い、居間で飾り枕に背を預けて寛いだ。長衣だけで履きものは履かず、長袖のカフタンを羽織っただけの、気楽な服装だ。

帝都の宮殿より古い小宮殿の部屋はどれもこぢんまりしていて、パシャの部屋ももちろん、帝都と比べれば随分狭い。しかし、ハイリはこの古美術品のような小宮殿を気に入っている。隙間風がひどいと思う場所もあれば、風通しが極端に悪い箇所もあったり、各部屋の狭さだったりも、最初は悪い意味で気になったが、慣れると味わいとして楽しめるようになった。古《いにしえ》の知恵が活かされている部分を見つけると、先人の賢明さに感心させられる。もとから歴史書を読むのが好きだから、物を通して歴史に触れるのが楽しいのだ。

小宮殿内で見つけた、いつの時代のものかわからない絨毯を敷いた居間で、空の食台を前に寛いでいると、前菜をのせた盆を運んできた侍従とともにベルカントが部屋に入ってきた。

「今晩の肉の料理長は俺だ。良い鹿肉だぞ」

大きな皿を両手で抱えたベルカントは、自信満々に皿を食台に置いた。

「チャービルが手に入ったから、塩と一緒にまぶして陶板で焼いた。チャービルは帝都でも売られていたから、ハイリにとっては珍しくないかもしれないが、甘くて爽やかな香味があっさりした鹿によく合うんだ」

ベルカントの手料理は二度目だ。今回作ってくれたのは、チャービルというコフカス山脈産の香草をまぶした肉を、陶板で焼いたケバブだ。表面に焼き目をつけた鹿肉を一口大に切ってある。他にも小麦粉を練った薄い生地に生チーズをのせて焼いたメサティアのコトリという料理も用意してくれていた。

「とても良い匂いがする。ベルカントは料理も上手なのだな」

「獲物の肉をよりうまく食べたいと思って、料理を覚えた。さあ、食べてくれ」

他の前菜も一緒に取り皿に料理をよそったベルカントは、感想を期待して笑みを浮かべている。

目玉である鹿のケバブを一切れ摘《つ》まみ、口に運ぶと、あっさりした旨みと香草の爽やかな香りが広がった。嚙めば肉汁で口内がいっぱいになって、頬が緩む。

「うんっ、おいしい」

思わず笑顔を弾けさせると、ベルカントも破顔する。

「今日は特にうまく焼けた。コトリも、今まで作った中でも一番の出来だ」

ベルカントが自賛するのも納得してしまうほど、手料理はおいしいかった。前菜も食べつつ、遠慮なく肉を頬張る。

「獲物を狩って、料理までして。本当に多才な戦士だよ、ベルカントは」

美味な主菜のおかげで食が進んだ。腹八分まで食べ終えたハイリに、ベルカントは葡萄酒も振る舞った。

「一昨日《おととい》、メサティアの村まで買いにいった。このあいだ行った村だ。あのときは飲み損ねてしまっただろう。俺の怪我の話を聞いて心配していたから、顔も見せられてよかった」

帝都からメサティアに向かう途中で、特産品の葡萄酒はメサティアに行けば味わってみるべき一品だと教わった。けれど、天候やワロキアの件があって試せず仕舞いだった。そこでベルカントは気を利かせて買いに行ってくれたのだが、ただで持たせてくれたという。おおらかな村人を思い出すと、葡萄酒がよりおいしく感じられた。

「メサティアの人々には心配と迷惑をかけてしまったな」

「俺が元気に馬を走らせていった話は、怪我を負った話よりも早く広まるさ。案じることは何もない」

そう言って微笑んだベルカントは、最後に手製のコトリを口に運んで、夕食を終えた。

「久しぶりの鹿肉も、コトリも、おいしかったよ、ありがとう。ベルカント」

「ハイリが喜ぶのが一番の褒美だ」

「力が強くて、勇気があって、手先も器用。惚《ほ》れ直したよ」

双眸をまっすぐ見れば、ベルカントは意外なほど照れてしまって、ぱちぱち音が鳴りそうな勢いで瞬《まばた》きをした。

「私も、今夜のために五種類のロクムと、ハルヴァを用意した。城下町で一番の菓子屋のものだから、おいしいはずだよ」

五色のロクムと、縁起ものとしても食される牛乳、米粉、胡麻《ごま》などを練って作った乳白色の菓子ハルヴァを入れておいた器の蓋を開け、中を見せると、ベルカントはぱっと表情を明るくした。

「これは、快気祝いと思ってよいのか」

脇腹の傷が完治したら、抱いていい約束をしている。快気祝いを渡すということは、ハイリが約束の履行を促すのと同意だ。

「そうだ。甘い菓子を一度にこれほど集めることはなかなかないけれど、たまの贅沢だ。なにせ、いつだって選ばれるのは役に立つ男だから」

狩りも体術も料理もできないが、パシャという地位と経済的な甲斐性はある。ベルカントが持てる才のすべてでハイリに選ばれる男になろうとするなら、ハイリだって少しは役に立つところを見せるべきだ。そう思って、気合いを入れた甘味を用意した。

意図を察し、ベルカントはまた照れてから、嬉しそうに笑って甘味の入った入れ物を受け取った。甘味で機嫌をとるのは、どこか餌付《えづ》けをしているような気分にもなるが、ハイリだって鹿肉で元気づけてもらって、熊肉で生かしてもらったからおあいこだろう。

甘味の効果は絶大で、甘いもの好きのベルカントは、たった今充実した夕食を終えたばかりなのに、迷わずハルヴァを口に運んだ。どれも日持ちがするから、とっておけばいいと言おうとしたけれど、頬が落っこちそうになっているベルカントを見ていると、好きなだけ食べるように勧めたくなった。

「どれも甘くてうまい。ああ、頬が落ちそうだ」

両手で頬を包んだベルカントは、それは幸せそうだ。

「俺のために考えてくれたのか」

「明日には陛下とご一家がここに到着されるから、甘味を用意する必要があったのは否めない。が、ここにあるのはベルカントのために先んじて注文したものだ。材料に限りがあって、数が足らずに陛下に献上できないものも含まれている」

明日、エフタンと一家がこの小宮殿に来る。二週間ほど滞在し、ワロキア戦の戦果を讃《たた》え、負傷者や従事者を労うためだ。食事などの準備に甘味の調達も含まれている。しかし、今夜ベルカントに渡したのは、ハイリ自身が厳選したものだ。

「特別な甘味ということか」

「とても特別だよ」

ハイリの双眸を見つめるベルカントの瞳は、熱を期待して色づいている。甘さを好む唇を人差し指で撫でると、その手を握られ、唇を奪われた。

重なった唇は、甘い匂いがした。手を握る手も、腰を摑んだもう片方の手も力強いのに、唇は甘い。愛嬌を感じさせるくちづけは、徐々に深くなり、熱っぽい刺激になってハイリの情欲に火をつける。

ハイリの手を離したベルカントは、空いた手でハイリの膝からくるぶしまでを撫で下ろした。その手で長衣の裾を捲《めく》り、素肌に触れると、今度はくるぶしから膝まで撫で上げて、内腿《うちもも》を押してハイリの脚のあいだに腰を滑り込ませる。そしてくちづけの角度を変えて、そのままハイリを押し倒した。

開いた脚が食台に当たり、揺れた食器が音を立てる。物音に気づき、侍従が部屋に入ってきた足音がしたが、すぐに廊下へ駆けて出た。

「ここでは続けられないな」

食べる欲を満たして、皿が下げられるのも待たずにことに及ぼうとした。あまりにも即物的で、今年三十になった成人としては少々恥ずかしいが、それほどの情熱が傾けられているのだと思うと幸せだ。

「では行儀よく寝室でまぐわうとしよう」

どうすれば行儀よく性行為ができるというのか。つっこみかけたところを、まるで子供を担ぐように軽々と持ち上げられ、恥ずかしいのと同時にベルカントの傷が開かないか心配になった。しかし、力強い足取りで寝室に入ったベルカントは、怪我を負っていた事実なんて存在しないかのように、ハイリを寝台にゆっくり下ろした。

「ずっとこの時を待っていた」

ハイリの双眸を見つめ、囁いたベルカントは、立ったまま服を脱いでいく。美しいほど逞しい身体を堂々と露《あら》わにして、寝台の上のハイリを見下ろす様はまるで、捕食者の頂点に立つ雄だった。狙いを定めた相手は、絶対に逃がさない。そんな、研ぎ澄まされた執着に囚《とら》われた感覚がして、背筋がぞくぞくする。

自分から服を脱いだハイリは、自らを捧げるよう寝台に身体を預けた。食われる側になったのではなく、最も強い雄に本能的に懐柔させられた感覚に近い。ハイリのベータ性がベルカントのアルファ性に屈したのか、圧倒的な強靭《きょうじん》さを見せつけられたからか。組み敷かれ、すぐそばで見つめられると、激しい情交の予感に慄《おのの》いた。

唇を奪われ、その荒々しさに野性的な感覚が刺激される。自然と肩を揺らすと、逃がさないとばかりに両手首を顔の横で押さえられた。痛みを与えずにまったく動かないよう手首を押さえる絶妙な力加減に、この男は潜在的な支配者なのだと気づかされる。その支配は決して弱者を手籠《てご》めにするものではなくて、ハイリという一人の男をなんとしても捉えていたいという、純粋な欲求からくるものだ。

くちづけが深くなり、口腔に舌先が滑り入る。舌を搦めれば、食い尽くされそうなくらい深く口内を愛撫され、吸い上げられた。

「はっ…、あ…」

興奮がかき立てられ、息が上がり、空気を求めてくちづけを解いた。肩を揺らして呼吸するハイリの首元にくちづけを落としたベルカントは、彼の唇を鎖骨から胸へと滑らせる。そのままへそから下腹へたどると、くちづけだけで熱を持ったハイリの中心の先端を舐めた。

「あっ、……んっ」

立ち上がったそれの裏側に舌を這わせたベルカントは、会陰を探り当てると、そこに顔を寄せ、幾度も食んだ。

「…はっ、…あぁっ……、ん」

脚を閉じられないよう、両の足首を押さえられ、敏感な箇所を啄《ついば》まれて、甘美な刺激が背中を駆け上がる。枕を摑み、快感を嚙みしめていると、舌先が充血した中心を舐め上げた。

「んっ、…はぁ、あっ」

中心を咥《くわ》えたベルカントは、舌で愛撫してはじゅっと吸い上げる。挿入することに関心がないハイリも、口淫を受ければその快感には抗《あらが》えなかった。

「はっ…、あ…、ベルカント」

夢中になって口淫をするベルカントは、蜜を吸いだそうとしているようだ。ハイリの蜜の味を知りたくて、どうすれば極めさせられるか、舌先で探っている。器用で勘の良い男だから、ハイリが腰を揺らすと、同じように愛撫を重ねて快感を高まらせる。口内のそれは充血しきって、先走りがベルカントの唾液《だえき》と混ざっていく。

「もう、離してくれ。達ってしまうから」

脚を押さえられ、膝を閉じることも逃げることもできない。このままでは口内で果ててしまう。この口淫は、ハイリの蜜の味を知るためのもの。情を交わした者だけが知り得る秘密の味を、本能的に記憶するためだ。鋭い感覚に命を委《ゆだ》ねて生きるベルカントに己の味や匂いを暴かれるのは、自分でも知らない自分を曝《さら》け出すということ。まるで破瓜《はか》されるかのような羞恥とえもいわれぬ興奮がかき立てられる。

「離して、…んぅ、…あぁっ、達ってしまう、は…あっ」

根元からきつく吸い上げられた瞬間、耐えきれずに極めてしまった。つま先を力ませ、放った蜜を、ベルカントは口内で転がして飲み込んだ。

「これがハイリの味か」

唇の端を親指で拭ったベルカントは、やはり蜜の味を記憶に留めようとしている。快楽の印であっても、体液の味を知られるのはどうしても恥ずかしくて、枕で顔を隠したくなった。

「うまいものではないだろうに」

「ハイリだってしてくれたじゃないか」

「それは……、そうだが」

数週間前、体力は戻っているのに怪我が治りきっておらず、鬱憤《うっぷん》を募らせたベルカントが不憫《ふびん》になって、一度だけ口と手で慰めてやった。口に収めるのが難しく、ほとんど手で触っただけで、放たれた白濁も勢いを受け止めきれずに零してしまったのだが、それでもベルカントは悦《よろこ》んでいて、新しい快楽を知ったことに満足したように笑っていた。

「男同士なんだ。俺が気持ちよかったのは、ハイリだって気持ちよいだろう」

そう言って口角を上げたベルカントは、寝台のそばに準備しておいた香油に手を伸ばすと、指先をたっぷりと濡らした。

「これは、好みがうまく分かれてよかった」

香油が光る指先が、達したばかりで弛緩した脚のあいだの蕾に触れた。そして花弁を数えるように円を描くと、ひくついたそこに挿し入れられた。

「あっ、……んっ……」

一度極めたせいで敏感になっている身体を、節が目立つ指が開いていく。内壁を香油で濡らしながら、ベルカントはハイリの下腹にくちづけた。

肌を吸い上げ、音を立てて唇を離すと、今度は斜め上に唇を当て、そこを食んでは吸いついた。淡い鬱血痕《うっけつこん》を残したベルカントは、星座を描くように、腹にくちづけを落としていく。

中を溶かす指が増え、背を反らせたハイリの無防備な胸に唇を重ねたベルカントは、突起を甘噛みして、紅くなったそこを癒すように舐める。舌先で転がして、ねっとりと吸い上げて。淫靡な刺激は下腹に響き、気が抜けてしまっていた中心を色づかせる。

夢中になって胸にしゃぶりつくベルカントは、二本の指を埋めた中をかき回し、逞しい彼を受け入れられるよう、広げていく。

「は…ぁ、…あっ」

指先が中の感じる箇所を探り当てた。内壁が収縮し、中心がもう一度頭をもたげる。

両の胸の突起を愛撫し尽くしたベルカントは、左右の鎖骨を啄んで、首元を甘く食んだ。思いがけず柔らかいくちづけに絆《ほだ》され、吐息を溢すと、中を溶かしていた指が抜かれ、熱い切っ先がそこにあてがわれた。

「あぁっ、あ…んぅっ」

突き上げるような勢いで昂りが挿入され、まるで破瓜された処女のように喘いでいた。力を抜かなければ、ベルカントの硬くそそり立った雄は迎えられないのに、その存在感に圧倒されて締めつけてしまいそうになる。

「ああ……、ハイリ」

身体の奥で繋がるえもいわれぬ快感に、感嘆の吐息を溢したベルカントは、濡れそぼった中を躊躇いなく貫いていく。見事なまでに鍛え上げられた体軀《たいく》に似合う、優秀な雄の存在感は、内壁を限界まで押し広げる。

「あっ、…あぁっ、深いっ」

一息に根元まで収めたベルカントは、上体を起こし、背を反らせた。厚い胸筋を力ませ、喉を前へ押し出して天蓋《てんがい》に鼻先を向ける姿は、遠吠《とおぼ》えをする獣を連想させる。けれどその表情は恍惚として、どれほどハイリとの情交を嚙みしめているかを伝えてくる。本当に、心の底から、結ばれることを望んでいたのだ。

こんなにも求められて、悦ばないなんて無理だ。もっと求められたくて、感じたくて、ハイリは自ら脚を広げ、さらに奥へ誘うよう腰を前に反らせた。

「何度も夢に見た。こうしてハイリを抱く日を」

ハイリを見下ろし、見つめたベルカントは、この上なく幸せそうに微笑んだ。しかし愛嬌を見せたのはその一瞬で、ひとたび腰を退いて、最奥を突き上げると、容赦ない抽挿を刻みはじめた。

「ひぅっ、…あんっ、あっ…あぁ」

ベルカントらしい並外れた質量に突き上げられ、揺さぶられて、あられもない声があふれ出る。

腰を掴まれ、打ちつけるように律動を刻まれて。感じる箇所を激しく責められ、太い腕を掴んで快感の大波に耐えた。

「激しぃっ、あっ…んっ、ベルカントっ」

割れた腹に力を込め、ベルカントは破裂音がするほどきつく、肌がぶつかるまで腰を振る。強烈な刺激に結合部が収縮するのも構わず、香油と先走りの滑りを借りて、ハイリを激しく責め立てる。

「あぁ、もう、保《も》たない」

眉を寄せ、一際強くハイリの腰を掴んだベルカントは、最奥の先まで届きそうなほど大きくハイリを突き上げ、奔流を放った。

「ああっ、あっ、…達くぅっ」

信じられないくらい深いところに射精され、それに感じてしまい、ハイリも二度目の絶頂を迎えた。白い蜜を己の腹に散らしたハイリを見下ろしていたベルカントは、唾液を拭うように親指で唇をこすると、勢いよく雄を引き抜いた。絶頂の余韻に脱力しているハイリをうつぶせに返して、腰を持ち上げると、無防備に緩んだ双丘の谷間に、力を宿したままの欲望を突き立てた。

「ひっ、ああっ！」

いきなり最奥を貫かれ、視界に火花が散った。たった今極めたばかりの身体を突き上げられて、その衝撃に結合部が痙攣《けいれん》している。自重を支えることもままならないハイリを、ベルカントは躊躇いなく責め立てる。

「…あぁ、ベルカント。…あっ、深いっ…、ぁっ」

ハイリがかろうじて立てている膝を内側から割り開いて、細い腰を高く引き上げ、尻に腰を打ちつけるベルカントの勢いは凄まじく、責め苦をやり過ごすために身体が自然と昂りを受け入れようとする。そこを狙ってさらに強く、激しく律動を刻まれ、あられもない声がひっきりなしに上がる。

片手でハイリの腰をきつく摑み、もう片方の手でハイリの手首を押さえつけたベルカントは、己が放った白濁を逃すまいと、昂りでさらに奥へと押し込んでいるように感じる。まるで獣の交尾だ。ベルカントは最奥のさらに奥を目指し、凶暴なまでに張り詰めた昂りで中を責める。結合部をかき回し、先走りですらハイリの奥深くへ残すような抽挿はひどく野性的で、野蛮で乱暴なのになぜか安心した。

「ハイリっ、あぁっ、中で、達くぞ」

内壁が捲れてしまいそうなくらい、激しく欲望を退いたベルカントは、最奥の先へ高ぶりを突き入れた。絶対に逃がさないと言わんばかりにきつく腰を摑み、美しい肉体を強張らせ、低く唸って射精する。

猛《たけ》った欲望が、どくんどくんと脈打つのを感じる。内側から染められていく勢いに、ハイリは吐精せずに極めた。

今自分は、ベルカントの番になった。アルファとベータのあいだに番は生まれないのに、とても自然に、ベルカントの番になった確信を得ていた。

生命力にあふれた、誰よりも強く、研ぎ澄まされた感覚を持つ男が、本能から求め、誰にも触れられない箇所に子種を残した。他の雄にもわかるように、ハイリの中をベルカントの匂いで染めたのだ。鋭い感性を誇りに生きる男にとって、これこそが本能的な番い方。でなければ、他にどんな手段があるというのか。

「これで私は、ベルカントのものになったのだな」

解放感に浸りきって、そんなことを呟《つぶや》いていた。心の中ではずっと、ベータの自分には起こり得ない、番になるという究極の繋がりを羨んでいた。感情だけではたどり着けないところに、誰かと手を繋いで到達したかった。

だから、強く逞しく、自由なベルカントが自分を選び、番になる儀式のように情を交わしたのが嬉しくてたまらない。激しく責められた身体は疲れきっているのに、不思議なくらい清々しい心地だ。

ベルカントは、やや勢いの収まった雄を退こうとはせず、繋がったまま二人ぶんの身体を横たえた。重ねた匙のようにぴったりと身体を重ね、横になると、ハイリの耳の裏に鼻先を埋め、ベルカントに染まっているか確かめるように深く息を吸う。

「俺は、出逢ったときからハイリのものだ」

耳元で囁かれ、背筋がぞくぞくした。

ハイリの身体がベルカントに染まりきるまで、放った精液を留めておくよう繋がったままでいるのは、アルファの性か、それともベルカントらしい直感的な行動か。どちらにしても、幸せだと感じる。これほど男として、人として魅力にあふれたひとに選ばれ、番になったのだから。

「他の雄が気づくくらい、強い匂いを残そうとしたのだろう」

嗅覚は侮れない。ベルカントが言ったことだ。匂いをたどれば、会いたいひとにたどり着く。逆に、ベルカントの匂いが残されたハイリには、他の雄は近づかないはず。

「そうだ。俺は縄張りを誰にも譲らない。ハイリと契ったからには、何人たりとも近寄らせはしない」

契りを交わした番だけを、命ある限り愛し続ける。強く美しい獣の話を、どこかで聞いたことがある。あれはどんな獣だったろうか。記憶をたどっているうちに、柔らかい眠気に包まれる。素肌を重ね合わせる温もりは、とても心地よかった。


対ワロキア国境戦で活躍した兵と将官、ハイリとベルカントを労うため、エフタンが家族を連れて小宮殿を訪れた。二人の皇子も一緒で、近隣の散策や、小宮殿内の探検などもする予定だ。エフタンは、急襲に対応し、名誉の負傷を負った者たちを心の底から讃えて、励ました。皇帝が直々に労いに現れ、小宮殿に残っている負傷兵は皆活力を取り戻していた。

帝国軍の勝利に大きく貢献したベルカントには、中佐の位が与えられ、帝国での居住と今後の生活の保障という多大な報酬が約束された。

ただ一つ、一旦メサティアに戻ることが条件だ。父であるメサティア国王と対面にて無事を報告し、ベルカントの助力に対する帝国からの謝意を伝える。

帰国が昇格の条件になったのは、そうでもしないとベルカントはメサティアに戻りそうにないので、ハイリがエフタンに頼んだからだ。片時も離れたくない気持ちはもちろんある。けれど、家族や国の人々のことも慮り、大切にしてほしいという思いが強かった。

「実り多い冬だったようだな」

エフタンとジュラ、ハイリとベルカントの四人だけの晩餐《ばんさん》の席で、エフタンに意味ありげに言われ、恥ずかしくていたたまれない心地になった。

「サリ少佐のおかげで、敵の接近を早期に発見することができました」

当たり障りのない事務的なことを言って返せば、エフタンは隣に並ぶハイリとベルカントのあいだで視線を行き来させてから、「そうか」と言って俯き、喉の奥で笑った。

笑われるほどおかしいことを言っただろうか。食事の手を止め、ベルカントを見ると、肩が触れ合うくらい近くに座って、胡坐をかいたハイリの内腿に左手をのせていた。作法として良くないし、近すぎる。ただしエフタンが笑ったのは、ベルカントではなく親密な距離にハイリが気づいていなかったことだ。

慌ててベルカントの左手を払うと、ジュラまで笑ってしまうのを隠していた。馬鹿にするのではもちろんなく、微笑ましいと言いたげで、それがかえって羞恥を煽《あお》る。

照れ隠しにエキメッキを口いっぱいに頬張るハイリの隣で、ベルカントはことさらおいしそうに魚を食べた。活力を感じさせる食べ方は場の雰囲気を明るくする。皆の食欲も刺激され、他愛ない会話も弾んだ。

「手紙で相談したことだが、辺境臣としてしばらくこの小宮殿に留まることについては、考えてくれたか」

晩餐後、メサティアから贈られた葡萄酒を嗜みつつ、エフタンが訊ねた。

この古の小宮殿に馴染んで、帝都に戻るのが惜しく感じられるようになったころ、エフタンにここで暮らすよう提案された。メサティアの美しい山麓《さんろく》が見えるこの場所で、この十年の疲れを癒し、気兼ねなく暮らしてみてはどうかと。

「はい。私もすっかりこの地が気に入りました。それに、しばらくはより重点的に国境の監視をする必要もあるでしょう。今回の出征でこの地方の兵や将官とも打ち解けましたから、辺境臣は私が適任かと」

東西に広い帝国のちょうど中ほどに位置し、複数の国と接する国境に近いこの小宮殿には、強い権限を持った者を置くべきだというのも、ハイリがここに留まる理由でもある。ただ、エフタンから全幅の信頼を寄せられている自覚があるから、自分から留まりたいとは言いだせなかった。

しかしエフタンは、ハイリがどのような気持ちでこの小宮殿で過ごしているか、まるで見えていたかのように提案してくれた。きっと、連絡事項に沿える短い私信に、ハイリの心境を読み取ったのだ。顔を見なくても、多くを語らなくても気持ちがわかる。唯一無二の親友だから。

「寂しくなるが、任せよう。パシャであることに変わりはないから、年に二、三度、合わせて半年ほどは帝都に戻ってもらわねばならないのだがな」

「通商路を通ればそう遠いものでもありませんから、平気です」

小宮殿でだけ過ごすわけにはいかない。それこそ、隠居を決めてパシャの座を降りるまでは。

だが、しばらく隠居をする気はない。今回の戦で、パシャとしての己を誇れるようになったからだ。主に対する揺るぎない忠誠と、限られた戦力で確実に国境を守った知力と胆力。そのどちらも、ずっと持っていたものだけれど、貫き通した自分を、誇りに思ってもよいと感じられるようになった。

ハイリに笑顔を返したエフタンは、ベルカントに視線を移す。

「少佐も、そろそろ部下を持ってみるか。メサティア国王から移住の許可は得たのだろう」

「俺は死ぬまでメサティアの戦士だから、人手が必要なときは国に戻らねばならないけれど、それでもよいのなら任せてくれ」

国王の息子であっても、国を出ると決めた者はメサティアの誰も止めないのだそうだ。生きる意思がなければ、山で生き抜くことはできない。次の王を決めるにも、その資質を自ら主張し、証明する者でなければ選ばれない。ゆえに、山を出て帝国で地位を築き、そこで暮らすと決めたベルカントを止める者はいない。ただ、メサティアの戦士として、有事の際や人手が必要になった場合は国に帰る。これがメサティアの掟。

「強い部隊にしてみせるぞ」

驚異的な実力と人を惹きつける魅力は、結束力のある部隊を作り上げることだろう。自信を見せるベルカントに、エフタンも満足げに笑む。

「馬の上に立って弓を射る騎馬弓兵隊ができそうだな」

ベルカントの超人技を大喜びで観ていたエフタンの、本気混じりの冗談に、四人とも声を上げて笑った。

メサティア産の美味な葡萄酒に、皆の頬と心が緩んだころ、ジュラが控えめな声で話しかけてきた。

「僕は、エフタンと番になれて、本当に幸せなんだ。そのために、ハイリが尽力してくれたことに心の底から感謝してる。十年前のことをハイリが気に病んでいたから、うまく伝えられないまま今まできてしまったんだけど……」

ジュラはこれまで、何か言いたげな表情を幾度となく見せていた。やっと感謝を言葉にできて、ほっとしているのが伝わってくる。

礼には及ばない。そう言いかけてやめた。ジュラだって、ハイリが軍師になり、パシャになったのは、エフタンのためだと理解しているからだ。それでも伝えられた謝意を、素直に受け止めたい。こんなふうに思えるようになったのは、たった一人を求め、求められることを真の意味で知ったから。

エフタンと弓の打ち方について熱く語っているベルカントの横顔を見る。つられてそちらを向いたジュラは、ハイリに視線を戻すとぱっと明るい笑顔になった。

「ハイリの幸せそうな顔が見られて、本当に嬉しいよ」

友の幸福を心から喜ぶジュラの、思いやり深い人となりが、昔から好きだった。

「案外と相性が良いのです」

素直に感じていることを言うと、ジュラはことさら嬉しそうに愛らしい目元を細めた。

議会もなく重臣もいない束《つか》の間の休暇を、思いがけないほど穏やかな気持ちで過ごした。初めて訪れた別荘にはしゃぐ皇子たちを囲み、身分や責務をしばし忘れて、たくさん笑った。いつもは遠慮がちなジュラも、気兼ねせず自然な笑みを弾けさせていた。

楽しい時間はあっという間に過ぎていき、皇帝一家が帝都へ戻る日がやってきた。

「ハイリが俺の幸せを願ってくれるのと同じだけ、俺もハイリの幸福を願っている」

小宮殿を出立する直前、そう言ったエフタンは、まっすぐ見つめてからハイリをきつく抱擁する。抱きしめ返してふと、これが大人になって初めての抱擁だったことに気づいた。互いの存在が当たり前すぎて、体温を感じるくらいそばに寄ることがなかった。

身体を離し、もう一度見つめ合うと、エフタンの背後でアヤタが「うっ、う」と嗚咽を漏らすのが聞こえた。

「ハイリと離れるのは嫌だーっ！」

そう力いっぱい叫んだと思えば、アヤタは大声を上げて泣き出した。火がついたように泣いているのを見るのは初めてだ。大慌てでアヤタの前に膝をつくと、勢いよく抱きつかれる。

「宮殿に戻ってきてよっ。一緒に帰ろうよ」

肩を揺らして大泣きする小さな身体を抱きしめる。ハイリは、アヤタが気を許せる数少ない大人だった。こんなに悲しませてしまうなら、早急に帝都へ居を戻すことも考えなければならない。

アヤタのために帝都に帰る。そう言いだしそうになっているハイリに気づき、ジュラはアヤタを宥《なだ》めようとする。しかしティムールまでアヤタに同調して、ハイリの腕に抱きつき、哀しげにする。アヤタはハイリの腕の中で、ハイリの肩越しにベルカントを睨みつけた。

「お前のせいだ！」

指までさされ、さすがのベルカントも目を丸くした。

「僕が皇帝になったら、お前なんて帝国に入れないようにしてやる！」

ハイリもジュラもぎょっとしてアヤタを見た。次期皇帝の自覚が芽生えているのは感じていたが、性格的にその力を振りかざすようなことを言うとは思わなかったからだ。

「絶対に許さないからな！」

肩を震わせ、声を張り上げるアヤタに視線を合わせるようしゃがんだベルカントは、仕方なそうに微笑んで言った。

「では、父君の息災と長寿を祈るとしよう」

アヤタが即位して、帝国を追い出される未来がずっと先になるように。皇帝の長寿を祈って罰が当たることは決してないのに、このときばかりは余計な一言にしか思えなかった。

「ベルカント！」

声量を抑えながらも厳しい声音で窘《たしな》めると、ベルカントはやれやれ、と頬を掻き、アヤタがまた大声で泣き出した。

「一年の半分は宮殿にいますから。どうか泣き止《や》んで」

抱きとめて、背中をさすってみるけれど、アヤタは顔を真っ赤にして泣き続ける。

「来月、ハイリは一旦宮殿に戻ってくるぞ」

エフタンが言うと、アヤタはハイリの顔を覗き込んで、「ほんと?」と訊ねた。本当は宮殿に戻る日どりを決めていなかったのだが、エフタンが言うなら決定事項も同然だ。何より、アヤタが泣くのにこれ以上耐えられなくて、ハイリは笑顔で大きく頷いた。

「はい。来月必ず戻ります。この街の土産を持って」

「絶対だよ。待ってるからね」

なんとかアヤタの機嫌が直って、皇帝一家は馬車に乗り、大勢の護衛とともに小宮殿を去っていった。

「アヤタの初恋はハイリだな」

離れていく行列を見送りながら、ベルカントは確信に満ちた声でそう言った。

「おかしなことを言うな。私は叔父《おじ》代わりだから寂しがってくださるだけだ」

何をどうすれば初恋だなんて思うのか。呆《あき》れ顔で振り返ると、ベルカントは意外にも真剣な表情をしていた。

「幼い子供が感情的になっていただけだろう。深読みしすぎだ」

勘違いだと言えば、仕方なさそうに笑われてしまい、胸の中が痒《かゆ》くなった。

真相がどうであれ、皇帝一行が見えなくなってしまうと、一抹の寂しさを覚えた。

「ベルカントも、メサティアに戻らねばならないな」

エフタンたちと過ごした二週間はとても楽しかった。ベルカントまでいなくなると、小宮殿はすぎるほど静かになってしまう。以前の自分なら、そういう予定だからと、気にも留めなかった。けれど今は、一人きりになるのを想像するのも寂しく感じる。

「待っていてくれるか？」

肩を抱かれ、見上げると、真摯《しんし》な眼差《まなざ》しと視線が絡んだ。

旅の途中でベルカントは、離れ離れになるとハイリが恋しがるようになるまで、国に帰らないと言っていた。あのときは自分の気持ちを認められなかったけれど、今は正直になれる。

「首を長くして待っているよ」

離れているあいだ中、恋しく思い続けるだろう。笑いかけると、弧を描いた唇を優しく奪われた。

＊＊

春になり、メサティアの山が雪の白から鮮やかな緑に変わっていくころ、ハイリは小宮殿でベルカントの到着を待っていた。国境を監視する辺境臣として小宮殿に居を移すため、一旦宮殿に戻り、荷物や仕事を整理して戻ってきたのが十日ほど前だ。ベルカントも、国境戦で負った怪我から全快して間もなくメサティアに帰り、ハイリが帝都から小宮殿に戻るのを待つかたちで、彼の国で冬を過ごしていた。

帝都から戻ったことは、到着してすぐに手紙を送って知らせた。返事は届いていないが、ベルカントはおそらく、手紙よりも早く山を下りてくるから、ハイリにできることは下山にかかる時間を予測して、甘い菓子を用意して待つことだけ。

「サリ少佐の姿が見えたと連絡がありました」

執務室に駆け入ってきた部下を連れて前庭に出たハイリは、庭に入る前にベルカントを引き留め、パシャと少佐の対面にふさわしい挨拶《あいさつ》の手順を説明するよう頼んだ。ハイリが居を移したことで、小宮殿は随分と人が増えた。ベルカントに会ったことがない者も少なくない。帝国に戻り次第中佐に昇進するベルカントには、その階級にふさわしい振る舞いを誰もが期待している。始まりは肝心だ。これから小宮殿に住まう予定のベルカントの印象作りのため、挨拶の作法を丁寧に説明するよう部下に言っておいた。

春らしい温かく爽やかな風を心地よく感じながら、前庭に立って待っていると、馬の足音が近づいてくるのが聞こえた。ベルカントが走らせている馬だ。そろそろ部下が馬を止めるだろう。蹄鉄《ていてつ》が地を蹴る音が鳴り止むと思いきや、馬に跨ったままのベルカントが、開かれていた門から勢いよく現れた。

ハイリの姿を見て笑顔を弾けさせたベルカントは、まだ立ち止まっていない馬から器用に飛び降りて、慣性を借りてハイリの目の前まで駆けてくる。そして、呆気《あっけ》にとられているハイリの両手を胸の前で握ると、鼻先をハイリのそれに寄せた。

「会いたかった、ハイリ」

焦点がぎりぎり合う距離で見つめるベルカントは、今にもくちづけてきそうだ。ハイリだって、会いたくてたまらなかった。が、すぐそこには整列した兵がいる。

「サリ少佐」

中佐に昇格する立場と状況を思い出してもらうため、あえて階級で呼べば、ベルカントはやっと周囲からの視線に気づき、顔を離した。しかし距離は詰まったままだ。目線で後ろに下がるよう合図をすると、ベルカントは仕方なさそうに大股《おおまた》で二歩、後ろに下がった。

「少佐の帝国への帰還を嬉しく思う」

形式的な挨拶に、ベルカントは仰々しいくらい深く頭を下げる。頭頂近くのつむじが見えて、そういえばつむじが見えたのは初めてだなんて場違いなことをほんの一瞬考えていると、一息に距離を詰められ、今度こそくちづけをされそうになった。

「サリ少佐」

「ハイリが戻ってきたという知らせを聞いて、最速で山を下りてきた」

会いたくて仕方がなかったと訴えるベルカントは、無精髭を生やしている。鏡を見る時間も惜しんで、山を下りてきたのだろう。きっと点と点を結ぶように最短距離を移動して、一秒でも早くハイリにくちづけるつもりだったのだ。部屋で待っていたならその場で押し倒されていたかもしれない。

それほどの勢いで想われて嬉しくないはずもない。が、皆の前でくちづけは交わせない。

「私の肌は敏感なんだ」

目を見つめて囁いて、顎を撫でてやると、ベルカントは意図を察し、不敵に口角を上げる。

「そうだったな」

無精髭にこすられると肌が荒れてしまう。ということは、肌を重ねるつもりという意味だ。こう言っておけば、ベルカントは意気揚々と精悍な容貌《ようぼう》をきれいに整えることだろう。

「少佐のために私室を用意した。己《おの》が家だと思って使うといい。メサティアがよく見える部屋だ」

ハイリの私室のすぐ隣、メサティアを臨む大きな窓のある部屋が、ベルカントの新しい住処《すみか》だ。

部下についていくよう視線で促すと、ベルカントはハイリの手を握り、指先にくちづけてから部屋に向かった。整列している兵が内心どぎまぎしているのを感じる。印象作りはあらぬ方向へいってしまった。

夕刻、きれいに顔を剃ったベルカントは、部屋に入ってくるなり、ハイリを押し倒した。帝国の誇る美食の香りが厨房から流れてくるのも構わず、ハイリの奥を暴き、情交の印を残した。

生きることに直結した食欲を満たすよりも先にハイリと契ったのは、ベルカントにとってハイリの中に己の存在を刻むことが、それほど大事だからだ。野性的でいて官能的な情交は、番であることを互いの感覚に、そして、周囲に知らしめるためのもの。最奥に情熱を注がれ、ベルカントの匂いを纏ったハイリは、紛れもなくベルカントの番だ。この、美しい獣のような男の番なのだ。

そしてベルカントは、疑う余地もなく、ハイリだけのアルファだ。

あとがき

はじめましての方、お久しぶりの皆さま、こんにちは。桜部です。今作品をお迎えいただきありがとうございます。約一年ぶりの文庫作品ということで緊張しております。

歴史ものオメガバースも四作品目となりました。アラブ、西欧、東洋を舞台にしてきましたが、今回はお察しのとおりオスマン帝国がモデルです。あらゆる文化が入りまじる夢いっぱいな世界観でのベータとアルファの恋路、いかがでしたでしょうか。

今回はわんこ攻を書きたくてベルカントのキャラクターを考えました。今まで書いてきた攻キャラも大体わんこですが、実は意図したわけではありません。無意識のわんこでした。ひたすらかっこいい攻を目標に書いていたつもりなのに、好みが滲み出ていたんですね。野性味たっぷりの大型わんこベルカント、気に入っていただければ幸いです。

対してハイリは都会育ちのエリートです。年下の愛嬌にほだされるクールビューティー受を妄想しているうちに、真面目で少々潔癖なハイリができあがりました。

オメガバースは狼の習性から着想を得たものだと聞きます。しかし狼の群れに発生するとされるアルファやオメガといった地位的差異は、たとえば動物園のような環境下ではより顕著になって、自然界だと薄れるという話を読みました。山の子のベルカントがアルファ、オメガに拘《こだわ》らず、人口密集地育ちのハイリが本能的な番に囚われているのは、この狼の群れの環境における違いをベースに考えたものでもあります。美しい狼のようなベルカントと、彼ららしい方法で番になったハイリは、これからもお互いを高め、補い合っていくことと思います。

今回のイラストは、ＢＬ書きならきっと一度はご一緒したいはずの小山田あみ先生です。お忙しい中、誠にありがとうございます。素敵なキャラクターデザインを見せていただいたばかりなので、どんな挿絵を入れていただけるのか、わくわくしています。

最後になりましたが、いつもお世話になっている担当さま。制作に関わってくださる皆さまにお礼申し上げます。

そして、ここまで読んでくださった皆さま、本当にありがとうございます。感想などお聞かせいただけると幸いです。またお目にかかれることを祈っております。

桜部さく

本作品は書き下ろしです。

ラルーナ文庫

この本を読んでのご意見・ご感想・ファンレターなどお待ちしております。〒110-0015 東京都台東区東上野3-30-1 東上野ビル7階 株式会社シーラボ「ラルーナ文庫編集部」気付でお送りください。

宰相閣下《さいしょうかっか》の苦手《にがて》なα《アルファ》

2025年4月7日　第1刷発行

著　　者｜桜部《さくらべ》さく
装丁・DTP｜萩原 七唱
発 行 人｜曺 仁警
発 行 所｜株式会社 シーラボ
〒110-0015　東京都台東区東上野3-30-1　東上野ビル7階
電話　03-5830-3474／FAX　03-5830-3574
http://lalunabunko.com
発 売 元｜株式会社 三交社（共同出版社・流通責任出版社）
〒110-0015　東京都台東区東上野1-7-15
ヒューリック東上野一丁目ビル3階
電話　03-5826-4424／FAX　03-5826-4425
印刷・製本｜中央精版印刷株式会社

ISBN978-4-8155-3304-5